Benoît Duteurtre
Vorzimmer zum Paradies

BENOÎT DUTEURTRE

VORZIMMER ZUM PARADIES

Roman

Aus dem Französischen
von Ulrike Werner

eichborn

MIX
Papier aus verantwortungsvollen Quellen
FSC® C083411
FSC www.fsc.org

Dieser Titel ist auch als E-Book erschienen

Eichborn Verlag in der Bastei Lübbe AG

Titel der französischen Originalausgabe:
»L'ordinateur du paradis«

Umschlaggestaltung: Christian Hucke, www.christianhucke.de
Einband-/Umschlagmotiv: © Dollarphotoclub/peshkova
Satz: Greiner & Reichel, Köln
Gesetzt aus der Weiss
Druck und Einband: CPI books GmbH, Leck – Germany

Printed in Germany
ISBN 978-3-8479-0592-9

2 4 5 3 1

Sie finden uns im Internet unter www.eichborn.de
Bitte beachten Sie auch www.luebbe.de

I

An der Himmelspforte

Dieser von uns so gefürchtete Augenblick, der all unseren Ängsten zugrunde liegt, erschien mir persönlich eigentlich eher als Erlösung. Noch in der Sekunde davor war ich ein gequälter Leib gewesen und hatte nichts mehr ersehnt, als möglichst bald von den Schmerzen befreit zu sein. Mein Fleisch sträubte sich zwar eigensinnig gegen meinen Willen, mit der Hartnäckigkeit von Gewebe, das darauf programmiert ist, immer weiterzumachen, und sei es noch so vergeblich. Ungeachtet des kommenden, unabänderlich tödlichen Ausgangs schien es, als wolle mein Getriebe meine Marter verlängern – bis zu jenem gesegneten Augenblick, da auch dieses endlich nachgab und ich mich, wenn ich es so ausdrücken darf, wie neugeboren fühlte. Mit einem Mal war die Last meines Seins federleicht, während mein Bewusstsein abglitt auf einen Pfad voll erstaunlicher Entdeckungen, die weder ausgesprochen entrückend noch wirklich beängstigend waren, dafür aber deutlich banaler als üblicherweise vom »Leben nach dem Tod« angenommen.

Das Erste, was ich nach dem Erwachen sah und das sich in mein Gedächtnis brannte, war ein Wartesaal: eine große hässliche Halle mit langen Reihen aneinandergeschraubter, orangefarbener Plastikstühle. An einer Seite des Raums versprühten drei Grünpflanzen ihren synthetischen Charme, und an den Wänden warben mehrere Poster für einen hochmodernen Badeort mit Hotelburgen, künstlichen Inseln, Segelbooten und Bungalows an goldenen Stränden. Darüber stand in großen Lettern: »Hol dir dein Ticket fürs Paradies«.

Einen Moment lang überlegte ich, ob das wohl ein Gag war oder ob ich tatsächlich an der Pforte zum Paradies stand. Meine christliche Erziehung hatte mich darauf vorbereitet, eines Tages in die himmlische Stadt einzuziehen – vorausgesetzt, ich landete nicht aufgrund einer der üblichen Vorsichtsmaßnahmen zuvor im Fegefeuer. An die Existenz einer Hölle hatte ich noch nie geglaubt. In den 1970er-Jahren wurde uns im Katechismusunterricht beigebracht, die Hölle sei nichts als eine bösartige Erfindung, mit dem alleinigen Ziel, uns Angst einzujagen. In seinem Songtext »On ira tous au paradis« versprach Michel Polnareff uns damals, wir kämen alle ausnahmslos in den Himmel, und wir trällerten den berühmten Refrain, eingehüllt in Blumenhemden und eine Wolke aus Räucherstäbchen. Nur einige wenige, wahrlich schreckliche Unholde riskierten ewige Verdammnis, unter ihnen Hitler und seine Schergen, für die kam in unseren Augen durchaus eine besondere Strafe in Betracht. Obwohl … Wir konnten uns sogar vorstellen, dass auch sie vielleicht irgendwann dem Chor der Engel angehören könnten, wo sie nach langen Qualen endlich Ruhe fänden. Fragen dieser Art beschäftigten mich als Zehnjährigen. Was Stalin und Mao Zedong betraf, so sah ich mit meinem jungen europäischen Temperament, beeinflusst durch die *Realpolitik,* absolut keinen Grund, ihnen die Erlösung zu verwehren.

Trotzdem erinnerte der Ort, an dem ich erwacht war, in

nichts an den watteweichen Weg unter endlosem azurblauem Himmel, den ich erwartet hatte und an dessen Ende mich ein Komitee aus Erzengeln hätte in Empfang nehmen müssen. Was war mit dem grandiosen Theater, wie es in frommen Büchern und noch tausendmal schöner in Tiepolos Fresken dargestellt wird? Warum war das Inventar um mich herum so banal und schlicht? War ich etwa vorübergehend im Niemandsland zwischen Leben und Tod gelandet? Ich dachte eine Weile nach und kam zu dem Schluss, dass ich mich in einem Vorzimmer zum Neuen Jerusalem befinden musste. Die barocken Maler hatten sich möglicherweise geirrt. Ihre Visionen entsprachen vermutlich den Vorstellungen ihrer Epoche, aber seither hatte sich die Welt verändert, und mit ihr unsere Träume und Hoffnungen. Vielleicht entsprach das Paradies heutzutage eher den auf den Plakaten dargestellten Badeorten. Der Gedanke war enttäuschend für mich, denn ich bin weder ein Freund sommerlicher Temperaturen noch ein Verfechter modernen Ambientes. Den zeitgemäßen Seebädern, die ausschließlich dazu geschaffen sind, sich von der Sonne braten zu lassen, kann ich nichts abgewinnen. Oder waren die Plakate in dieser Quarantänezone lediglich als Wandschmuck gedacht – gewissermaßen als Konzession an die Vorlieben der Allgemeinheit? Gab es möglicherweise noch andere, auf die Vorlieben des Einzelnen zugeschnittene Angebote, die aus dem Paradies wirklich den Ort ewiger Glückseligkeit machten, den man uns versprochen hatte? Würde ich in den nächsten Stunden aus anderen, mir genehmeren Angeboten wählen dürfen? Ein plätschernder Bach im Schatten einiger Tannen oder ein weiter Kiesstrand vor einem aufgewühlten Meer würden mir ganz sicher besser gefallen.

Im Augenblick jedoch saß ich mit mehreren anderen Personen in einer Halle, die an den Wartesaal einer beliebigen Behörde erinnerte – an die Notaufnahme einer Klinik, die Verwaltung eines Eisenbahnbetriebs oder an irgendeinen Kundenservice, wo man sich mit einem Nummernzettel in der Hand zu gedulden hat. Ich bemerkte, dass ich in der Tat einen solchen Zettel zwischen den Fingern hielt, orangefarben wie die Stühle und mit der Nummer 25 756 223 darauf. Ich wusste nicht, was ich mit dem Schnipsel anfangen sollte, also sah ich mich nach einem Ansprechpartner um. Erst in diesem Moment wurde mir klar, dass entlang der gesamten Längsseite des Raumes Schalter aufgestellt waren, hinter denen Angestellte die Neuankömmlinge zu empfangen schienen. Auf einer elektronischen Anzeige leuchteten Ziffern auf, und da meine Nummer nicht mehr weit von der aktuellen entfernt war, beschloss ich abzuwarten, bis ich an der Reihe war. Meine Ungeduld, die mir oft das Leben schwer gemacht hatte, erschien jetzt absurd angesichts der Tatsache, dass von nun an alles ewig dauern würde.

Auf den orangefarbenen Stühlen um mich herum wartete ein knappes Dutzend Menschen, die wie ich leicht perplex auf ihre Tickets starrten. Zwei Reihen hinter mir saß eine halb nackte Afrikanerin, deren Brüste vor ihrem ausgemergelten Körper baumelten, links von mir umklammerte ein alter Inder in Anzug und Krawatte seinen Attachékoffer, als käme er geradewegs aus einem Geschäftstreffen. Ein kleiner, etwa zwölfjähriger Chinesenjunge gleich neben ihm schien aus dem Wasser aufgetaucht zu sein, denn seine Kleider und Haare trieften vor Nässe. Rechts von mir entdeckte ich einen europäisch aussehenden Mittfünfziger, der ununterbrochen hustete, wahrscheinlich war der Mann Raucher. Er fixierte mit leerem Blick ein Piktogramm, das seine vermutlich letzten Illusionen zunichtemachte. Ob er geglaubt hatte, sich im Himmel hemmungslos seinem Laster hingeben zu können? Hier im Wartesaal zumindest gab es kein Vertun: Das Schild zeigte eine rot durchgestrichene Zigarette mit der Unterschrift *No smoking*.

Dieses Detail erweckte mich mit einem Schlag aus meiner *Post-mortem*-Lethargie. Die *englische* Unterschrift unter dem Schild wollte so gar nicht zu meiner Vorstellung vom Leben nach dem Tod passen. Während ich mich kurz zurück in die Realität begab, wurde mir klar, dass auch der Text unter den Plakaten Englisch war: »Get your ticket to paradise«. Ich hatte ihn automatisch übersetzt, weil es in meinem Land mittlerweile gang und gäbe ist, nahezu alle Inschriften in dieser Sprache zu verfassen.

Natürlich warf diese seltsame Entdeckung eine Menge neuer Fragen zu dem Ort auf, an dem wir uns befanden.

Nach meinem Kenntnisstand hätten im Jenseits sämtliche Sprachen und Dialekte so verständlich sein müssen wie in den glücklichen Tagen vor dem Turmbau zu Babel. Aber vielleicht galt dies hier in der Transitzone nicht, weil sich das Personal nicht auf die Eigenheiten jedes Einzelnen einstellen konnte? War die Beschilderung vielleicht in Englisch gehalten, weil diese Sprache eigentlich auf allen fünf Kontinenten verstanden wird? Trotzdem wurde ich das Gefühl nicht los, die Inschrift *»No smoking«* könnte für einen Chinesen aus Sichuan, einen Pygmäen aus den Urwäldern des Kongo oder einen sibirischen Holzfäller in gewisser Weise eine Beleidigung darstellen. Mussten sie, um in den Himmel zu kommen, erst einmal ein paar Brocken

Englisch lernen, um sich selbst hier einer Macht zu unterwerfen, die so auch auf der Erde herrschte? (Das Wort *Erde* erinnerte mich daran, dass meine Familie sich jetzt um meine Beerdigung würde kümmern müssen. Allerdings interessierte mich das nur am Rande, denn meine Aufmerksamkeit galt bereits mehr den Vorgängen im Jenseits.)

Eines jedenfalls war sicher: Schon diese ersten Beobachtungen brachten mich zurück in charakteristische Situationen meiner irdischen Existenz. Ich lehnte mich gegen Fakten auf, an denen ich nichts ändern konnte, ärgerte mich über Details, die nur mir gegen den Strich gingen, und begehrte gegen Skandale auf, die nur in meinen Augen ebensolche waren … Meine These fand fast sofort Bestätigung, als meine Nummer auf der Anzeigentafel erschien und ich mich mühelos erhob (jegliche Vorstellung des Begriffs »körperliche Anstrengung« war in der Tat vollkommen verschwunden), um zum Schalter B zu gehen. Ich ließ mich auf dem Sitz vor der Abtrennung aus Sicherheitsglas nieder. (Warum diese Vorsichtsmaßnahme an einem solchen Ort der Ruhe?) Die Angestellte auf der anderen Seite – eine junge Frau mit den feinen Gesichtszügen einer Vietnamesin – hob lächelnd den Kopf und schien mich willkommen zu heißen. Aber schon bei den ersten Begrüßungsworten, die ich in meiner Muttersprache äußerte, warf sie mir einen fragenden Blick zu. Offenbar hatte sie kein Wort verstanden. Meine Befürchtungen bestätigten sich, als sie in ihr Mikrofon säuselte:

»*In English, please!*«

Ich wollte unnötige Komplikationen vermeiden und bin zudem des Englischen einigermaßen mächtig, also fügte ich mich, allerdings nicht ohne meiner Verwunderung

Ausdruck zu verleihen. Um meine Argumentation zu stützen, zeigte ich nacheinander auf die Afrikanerin und das chinesische Kind, die vermutlich beide kein Wort Englisch sprachen und daher an der Pforte zum Paradies mit den gleichen Problemen konfrontiert sein würden wie während ihres traurigen Erdenlebens. Doch statt einer Antwort vernahm ich folgende, durch das Mikrofon verzerrte Worte:

»Diese Fragen fallen nicht in meinen Zuständigkeitsbereich. Sie können sich aber jederzeit schriftlich beschweren ...«

Sollte der Begriff der Ewigkeit tatsächlich einen Sinn haben, schien er in der Imitation des Erdenlebens mit seinen bürokratischen Prozeduren, den Formularen und der Abwesenheit eines zumindest ansatzweise informierten Gesprächspartners zum Beantworten von Fragen zu liegen; und genau wie auf der Erde fühlte ich mich hilflos ausgeliefert. Daher versuchte ich mir ins Bewusstsein zu rufen, dass ich mich in einer Kontrollphase befand und es wahrscheinlich das Beste war, sich den Prozeduren einfach widerspruchslos zu unterwerfen. Die Angestellte schob ein Formular durch die flache Schublade, die uns eine gewisse Kommunikation gestattete, und bat mich, es auszufüllen.

Die vergleichsweise banalen gewünschten Angaben betrafen meine irdische Identität: die Orte meiner Geburt und meines Todes, meinen Beruf, meine sexuelle Orientierung und Ähnliches. Die Fragen auf der Rückseite waren schwieriger zu beantworten und für mich auch unerwartet. Sie erinnerten an den Katalog, den man vor einer Reise in die Vereinigten Staaten ausfüllen muss. »Waren Sie aktiv an einem Völkermord beteiligt?«, »Haben Sie je die Existenz des Klimawandels geleugnet?«, »Waren Sie der sexuellen Belästigung angeklagt?«, »Wurden Sie wegen Negationismus verurteilt?«, »Wurden Sie der Pädophilie beschuldigt?«

Schon ein einziges Ja hätte mich an einen anderen Schalter verwiesen, so wurde ich im unteren Teil des Fragebogens belehrt, und zwar mit ärgerlichen Folgen. Da ich glücklicherweise jedoch keiner der inkriminierten Kategorien angehörte, konnte ich den Fragebogen sofort unterschreiben. Die Angestellte wies mich mit metallischer Stimme an:

»Gehen Sie jetzt bitte zum Ausgang 21 und melden Sie sich in der psychologischen Abteilung.«

Angesichts meines überraschten Ausdrucks erklärte mir die junge Frau fürsorglich:

»Sie dürfen nicht vergessen, dass Sie gerade gestorben sind. Das ist nicht einfach. Für niemanden. Aus diesem Grund legen wir Ihnen nah, einen Spezialisten zu konsultieren.«

Sie schien einen auswendig gelernten Text zu repetieren, jeder Einwand wäre vergeblich gewesen. Ehe ich mich jedoch auf den Weg machte, wagte ich eine letzte Frage:

»Könnten Sie mir vielleicht sagen, was diese Nummer zu bedeuten hat?« Ich warf einen Blick auf meinen Zettel, ehe ich fortfuhr: »Fünfundzwanzig Millionen siebenhundertsechsunfünfzigtausendzweihundertdreiundzwanzig …«

»Das ist Ihre Eingangsnummer«, antwortete sie. »Es bedeutet, dass Sie seit Jahresbeginn der fünfundzwanzigmillionste gestorbene Mensch sind. Ähnlich der Sozialversicherungsnummer, die in Anlehnung an Ihr Geburtsdatum vergeben wird, nur dass die Vergabe hier in der Reihenfolge des Todes erfolgt.«

Sie wirkte einen Moment verlegen, als hätte sie dieses Wort versehentlich ausgesprochen. Nach einem kurzen Blick auf ihren Bildschirm fügte sie eilig hinzu:

»Ich wollte natürlich sagen: Ihres Ablebens. Die psychologische Abteilung wird Ihnen alles genau erklären.«

Erneut wies sie in die Richtung, in die ich gehen sollte. Ich bedankte mich bei ihr.

Ob sich hinter der Tür Nummer 21 ein freundlicherer Ort verbarg? Wärmer vielleicht, und mit sanften und tröstenden Bildern ausgestattet? Würde ich das Wartezimmer eines Psychiaters betreten, mich auf seine Couch legen und über die wichtigen Themen des Daseins sprechen? Weit gefehlt. Die Tür mit der Nummer 21 führte in einen weiteren Wartesaal, der ebenso trist war wie der erste. An der Wand hingen die gleichen Plakate von Badeorten am Meer: Hotels mit fünfzig Stockwerken, Bungalows an einem Sandstrand, Strandbars und Fruchtcocktails, immer mit der reißerischen Zeile »Get your ticket to paradise«.

Die neuerliche Wiederholung dieses Satzes verstärkte meine Unruhe. Musste man sich wirklich selbst um ein Ticket fürs Paradies bemühen? Galt es, bestimmte Tests zu absolvieren? Wieder fiel mir das Lied »On ira tous au paradis« ein, und ich fragte mich, ob sich meine Generation nicht vielleicht doch nur einer Illusion hingegeben hatte. Ein Schild bat mich, eine neue Nummer zu ziehen. Ich gehorchte.

Dieses Mal musste ich länger warten. Ich saß fast eine Stunde auf dem orangefarbenen Plastikstuhl, ebenso wie die Menschen aller Rassen und Altersgruppen um mich herum. Alle schienen sichtlich beunruhigt, und jeder hätte nur zu gern gewusst, wohin die zahlreichen Formalitäten führen würden. Leute mit gleicher Muttersprache unterhielten sich miteinander, im Wartesaal kursierten erste Gerüchte, man kommentierte die verschiedenen Gruppen, es war also fast wie in jeder beliebigen Wartehalle. Endlich forderte mich die Anzeigentafel auf, zum Schalter D zu gehen, wo ich auf einen weiteren Angestellten traf. Er sah aus wie ein Koreaner und leierte sein auswendig gelerntes Sprüchlein hinunter.

»Darf ich mich vorstellen: Mein Name ist Koo Sung, und ich gehöre zum Team Psychologische Betreuung. Mir können Sie all Ihre Fragen zu Ihrem Lebensende, zur Angst vor dem Dahinscheiden und zum Verlust lieber Menschen stellen …«

Meine Antwort war spontan.

»Das ist wirklich sehr nett von Ihnen. Aber seit ich weiß, dass es ein Leben nach dem Tod gibt, brauche ich eigentlich keine weiteren Antworten.«

Koo Sung zuckte nicht einmal mit der Wimper und gab zurück:

»Was das Ewige Leben angeht, so werden Sie darüber später mit einem meiner Kollegen sprechen.«

Dann fügte er mit ernster Miene hinzu:

»Sobald Sie endgültig zugelassen sind. Aber jetzt und hier müssen wir über Ihr Ableben sprechen.«

»Ich versichere Ihnen, dass ich daran kein Interesse mehr habe. Es war ohnehin schwierig genug.«

Koo Sung hatte meine Antwort vorhergesehen.

»Das Phänomen des Leugnens begegnet uns relativ häufig. Sie haben vielleicht den Eindruck, dass alles geregelt ist und nichts hochgespielt werden sollte, aber bitte bedenken

Sie, dass alles, was Sie je geliebt haben, sich hinter Ihnen befindet und Sie es nie wiedersehen werden!«

Wollte dieser Blödmann mich psychologisch unterstützen oder nur Salz in meine Wunden streuen? Ich wollte unseren Dialog schon für ziemlich verfehlt halten, als plötzlich ein Strahlen Koo Sungs Gesicht überzog und er mir in bester Weihnachtsmannmanier verkündete:

»Aber ich habe eine wunderbare Überraschung für Sie. In einigen Tagen werden Sie Ihren Papa und Ihre Mama wiedersehen. Möglicherweise sogar schon heute ...«

Dass ich ihn ängstlich anstarrte, minderte die Begeisterung des Psychologen in keiner Weise.

»Sie werden zu Ihren ersten glücklichen Momenten zurückkehren, Ihre verborgenen Wunden heilen und die Einheit Ihrer Familie wiederherstellen.«

»Haben Sie keinen besseren Vorschlag?«

Die ironische Bemerkung war mir einfach entschlüpft. Natürlich wollte ich gern ewig leben, aber sicher nicht in der Nähe dieser Familie, von der ich mich schon in ganz jungen Jahren freiwillig losgesagt hatte. Ich hatte nicht die geringste Lust, sie wiederzusehen – weder meinen »Papa« noch meine »Mama«, um es mit seinem infantilen Vokabular auszudrücken. Den Tod konnte ich akzeptieren, aber ich wollte bitte ein freier Toter sein! Ob es wohl ein Fehler gewesen war, meinen psychologischen Berater darauf hinzuweisen? Zumindest lief von diesem Augenblick an alles anders. Koo Sung warf einen Blick auf seinen Computer, scrollte und klickte ein paarmal. Schließlich brach er unser Gespräch ohne jede weitere Erklärung ab und schickte mich zum Ausgang Nummer 17, wo meine Akte »fertiggestellt« werden sollte.

Mit jeder meiner Erfahrungen wuchs mein Misstrauen. Und tatsächlich befand sich hinter Ausgang 17 ein Wartesaal, der mit den beiden vorherigen vollkommen identisch war. Inzwischen wusste ich, was zu tun war. Ich zog eine Nummer und wartete darauf, dass ich an die Reihe kam. Als meine Zahl aufleuchtete, trat ich an den Schalter. Und bemerkte sofort, dass der Mann, der mir ohne Sicherheitsscheibe gegenübersaß, sich deutlich von den anderen Angestellten unterschied.

Seine verlegene Miene hob sich vom gekünstelten Lächeln seiner Vorgänger ab. Auch zeigte er weder deren Robotermanieren noch äußerte er vorgefertigte Phrasen. Er trug ein Hemd mit offenem Kragen unter einem grauen Anzug und begutachtete mich mit persönlichem Interesse. Darüber hinaus sprach er mich in meiner Muttersprache an, er schien also keinen Wert auf das minimalistische Englisch zu legen, das ich bisher zu benutzen hatte. Von Anfang an redete er Klartext.

»Mein Name ist Derek Rubinstein. Ich bin Ihr Anwalt. Nach Akteneinsicht muss ich Ihnen leider mitteilen, dass es bei Ihnen schwierig werden könnte.«

Wieso brauchte ich jetzt plötzlich einen Anwalt? Und wieso sprach er von meiner Akte? Die Antwort auf die zweite Frage kam prompt:

»Sie glauben doch hoffentlich nicht, dass man einfach so ohne Weiteres ins Paradies kommt?«

Sein Einwand war nicht frei von Sinn. Was auch immer die Sänger der 1970er-Jahre behauptet haben – keine Religion gewährt das Heil von vorneherein. Zudem gab es noch weitere Besonderheiten, die Derek Rubinstein mir nachdenklich aufzählte:

»Es könnte wirklich schwierig werden. Da oben herrscht nämlich Überbelegung. Ich bin zwar nicht unbedingt ein Verfechter der Bevölkerungstheorie von Malthus, aber unsere Einrichtungen sind auf wesentlich weniger Nutzer ausgelegt. Die demografische Entwicklung macht uns schwer zu schaffen.«

Damit hatte ich nun wirklich überhaupt nicht gerechnet. Ich vergaß mein eigenes Anliegen, so sehr brannte ich darauf, mehr über die Probleme zu erfahren, mit denen sich das Jenseits offenbar ebenso auseinanderzusetzen hatte wie das irdische Leben. Deshalb rief ich mit geheuchelter Naivität:

»Sie wollen mir doch nicht etwa weismachen, dass es von der Anzahl der verfügbaren Plätze abhängt, wer in den Himmel kommt?«

»Dieser Ansatz liegt zumindest nicht weit von der Realität entfernt.«

»Und was ist mit den Verdiensten? Den guten Taten? Mit all den Dingen, die wir als Kinder gelernt haben?«

»Natürlich bemühen wir uns, darauf Rücksicht zu nehmen. Aber wir müssen eben auch den Verhältnissen, Quoten und Verfügbarkeiten Rechnung tragen. Und aus ebendiesem Grund wurden die Zulassungsverfahren verschärft.«

»Mit anderen Worten: Nicht alle kommen in den Himmel?«

Noch während ich die Frage stellte, ahnte ich, dass die Antwort eine schwere Enttäuschung, der Zusammenbruch einer Erziehung zum Optimismus und der Tod des letzten westlichen Traums sein würde. Mit düsterem Blick bestätigte Derek Rubinstein:

»Ich möchte Sie daran erinnern, dass der Ausdruck ›Jüngstes Gericht‹ das Wort ›Gericht‹ beinhaltet, was bedeutet, dass es Auserwählte und Verdammte gibt.«

Angesichts der sich abzeichnenden Perspektive begann mein Körper (war es wirklich noch mein Körper?) zu zittern, und ich stammelte:

»Soll das etwa heißen …«

Es fiel mir schwer, das fatale Wort auszusprechen, doch es gelang mir schließlich doch:

»Wollen Sie damit sagen, dass die *Hölle* tatsächlich existiert?«

Derek Rubinstein zog es vor, ausweichend zu antworten:

»Auf diese Frage möchte ich beim derzeitigen Stand Ihres Verfahrens noch nicht eingehen. Tatsache ist jedoch, dass nicht jeder in den Himmel kommt.«

Eine weitere Frage kam mir in den Sinn.

»Aber was machen Sie dann mit denen, die *theoretisch* die ewige Glückseligkeit verdient haben, die Sie jedoch aus Platzmangel nicht aufnehmen können?«

»Nun, die müssen eben warten.«

Dafür gab es nach meinen Informationen nur einen Ort.

»Sie meinen, im *Fegefeuer*?«

Derek Rubinstein lachte auf.

»Wir sind doch hier nicht in einem Videospiel. Darf ich Sie daran erinnern, dass Fegefeuer ein … nennen wir es mal: folkloristischer Begriff ist, der auf das Mittelalter zurückgeht? Hier bei uns läuft alles viel einfacher ab. Die Kandidaten in der Warteschleife werden auf provisorische Unterkunftsbereiche verteilt.«

Ich hatte gelernt, dem Wort »Bereich« zu misstrauen, seit in meinem Wohnhaus die Räume mit den Mülltonnen in *Reinheitsbereich* umbenannt worden waren. Gleich darauf fiel mir ein anderer Begriff ein, der Bilder von Zelten, Stacheldraht sowie einem Mangel an Hygiene und Komfort hervorrief.

»Also in eine Art Flüchtlingslager?«

Der Anwalt machte sich gar nicht erst die Mühe, es abzustreiten.

»In gewisser Weise schon. Dort bringen wir vorzugsweise diejenigen unter, die bereits auf der Erde als Folge von Krieg oder großer Armut an solche Umstände gewöhnt sind. Das trägt dazu bei, ihre Verunsicherung in Grenzen zu halten.«

Seine Worte ließen mich eine schändliche Erleichterung verspüren. Tatsächlich kam es mir so vor, als machte mein Stand als Europäer, der an einen gewissen Komfort gewöhnt ist, aus mir einen Vorzugskandidaten für die besseren Plätze. Aus biblischer Sicht allerdings waren wir weit von den Seligpreisungen entfernt: »Selig sind, die da Leid tragen; denn sie sollen getröstet werden …« Gleichzeitig jedoch zeigte sich die Verwaltung des Paradieses pragmatisch. Um Sicherheit und Ordnung nicht zu gefährden, vermied man, die Auserwählten zu schnell von einer Situation in die nächste zu befördern. Angesichts dieser Perspektive konnte ich mir sogar vorstellen, mich mit dem auf den Postern abgebildeten Seebad zufriedenzugeben. Ich kehrte daher zu meiner Ausgangsfrage zurück und erkundigte mich vertrauensvoll:

»Sie glauben also, dass meine Akte gewisse … Probleme aufwirft?«

In Wirklichkeit sah ich kaum etwas, das die Auswahl meiner Person hätte verhindern können. Im Gegenteil: Ich fühlte mich geneigt, mein irdisches Leben in gewisser Hinsicht gar als bemerkenswert zu qualifizieren. Zwar hatte auch ich Fehler und Laster, aber ich durfte mir doch eine Lebensfreude, eine Empfindsamkeit und einen Charme zubilligen, die mich in den Augen anderer Menschen zu einem angenehmen Zeitgenossen gemacht hatten. Derek Rubinsteins Antwort jedoch entsprach keineswegs meinen Erwartungen. Er blickte mir direkt in die Augen und überraschte mich mit folgendem Satz:

»Ich bin Ihr Anwalt. Sie brauchen also gar nicht erst zu versuchen, mir etwas vorzumachen.«

Ich verstand nicht, was er meinte.

»Wieso etwas vormachen?«

»Das Formular vorhin – haben Sie es wirklich ganz ehrlich ausgefüllt?«

»Aber natürlich!«

»Auch die Fragen auf der Rückseite?«

»Selbstverständlich! Ich glaube nicht, dass ich je ein Verbrechen gegen die Menschlichkeit begangen habe, und ich wurde auch nie wegen sexueller Belästigung verurteilt ...«

»Und Sie sind nie der Pädophilie angeklagt worden?«

»Nein, ganz sicher nicht.«

Worauf wollte er hinaus? Die Antwort erhielt ich schnell.

»Sie müssen wissen, dass der Fragebogen keineswegs dazu dienen soll, Verbrecher herauszufiltern. Der Allerhöchste weiß ohnehin alles über Sie.«

Er sagte »der Allerhöchste«, als spräche er den Namen seines Chefs aus. Dann fuhr er fort:

»Nein, der eigentliche Sinn des Vordrucks liegt darin, die Neuankömmlinge zu testen. Wichtig ist nicht, ob Sie perfekt sind, sondern ob Sie ehrlich und loyal antworten.

Schon eine einzige winzige Lüge kann Ausgangspunkt für Tausende anderer Lügen sein. Und soweit ich informiert bin, haben Sie in mehreren Punkten nicht die volle Wahrheit gesagt.«

Während er sprach, konsultierte er seinen Bildschirm und klickte auf einige Links, als stimme er mehrere widersprüchliche Informationen miteinander ab. Ich hingegen hatte ein vollkommen reines Gewissen.

»Ich kann Ihnen nur versichern, dass ich nie im Leben eine dieser Gräueltaten begangen habe.«

»Ach wirklich? Nun, da wäre ich mir nicht so sicher. Zum Beispiel haben Sie angegeben, nie die Existenz des Klimawandels geleugnet zu haben, nicht wahr?«

Ich stotterte:

»Richtig, also ... Diese Kollektivängste regen mich manchmal auf. Aber ich habe nichts geleugnet. Allenfalls im Scherz.«

Der Anwalt schien nicht dieser Ansicht zu sein. Er konsultierte erneut seinen Bildschirm und las laut vor:

»Am 16. Januar 2011 erklärten Sie anlässlich eines gemeinsamen Essens mit einigen ehemaligen Kommilitonen von der Universität, *absolut nicht daran zu glauben*, dass die Erdatmosphäre sich durch den Einfluss des Menschen erwärme, ›sondern dass es an den Zufälligkeiten klimatischer Veränderungen liegt, denen die Erde von jeher unterworfen ist‹. Ende des Zitats.«

Ich erinnerte mich an diese Art von Gesprächen, bei denen ich mich rein aus Widerspruchsgeist ereifert hatte. Zum ersten Mal wurde mir die außerordentliche Macht des »Allerhöchsten«, sein Wissen um unser Verhalten und um jeden einzelnen unserer Gedanken bewusst. Und dann überraschte mich Derek Rubinstein erneut, indem er frei heraus erklärte:

»Wir besitzen eine Kopie der Aufzeichnung der Überwachungskamera des Lokals!«

»Eine Kamera?«

»Ja, eine Kamera.«

»Dann haben Sie also Zugang zu den Daten?«

»Der Herrgott verfügt über Tausende Möglichkeiten, Sie im Auge zu behalten – warum sollte er darauf verzichten? Aber lassen Sie uns zum nächsten Punkt kommen: die Pädophilie.«

Es gelang mir nur mit äußerster Mühe, meine Entrüstung im Zaum halten.

»Also bitte! Das ist wirklich unerhört!«

»Darf ich Sie daran erinnern, dass ich Ihr Anwalt bin? Ich soll Sie verteidigen, nicht etwa belasten. Und genau aus diesem Grund müssen wir in Erfahrung bringen, welche Informationen unsere Gegner besitzen. Nach den mir vorliegenden Listen …«

»Muss ich es wirklich noch einmal wiederholen? Ich habe mit Kindern nichts am Hut. Und zwar ganz gleich zu welchem Zweck!«

»Trotzdem haben Sie auf gewissen Webseiten nackte Mädchen betrachtet. Und die jungen Damen haben Ihnen durchaus gefallen, soviel ich weiß.«

»Ja und? Was hat das eine mit dem anderen zu tun?«

»Es hat Sie nicht ein einziges Mal gekümmert, ob diese … ›Künstlerinnen‹ überhaupt volljährig waren.«

Ich verstummte. Tatsächlich war genau das eine Frage gewesen, die mir manchmal Sorge bereitet hatte. Und zwar so sehr, dass ich gleich eine Antwort parat hatte:

»Auf den Seiten, die ich dann und wann konsultiert habe, stand immer, dass die Models volljährig wären. Im Übrigen sahen sie ganz und gar nicht wie Kinder aus.«

»Mit anderen Worten, Sie haben sich auf billige Weise ein gutes Gewissen verschafft. Wenn ich Ihnen aufzählen würde, wie viele Pornofotografen keinerlei Skrupel haben, sechzehn- oder siebzehnjährige Jugendliche auf ihren Seiten zu zeigen, egal ob in Südamerika oder in Osteuropa, dann würden Sie vielleicht anders darüber denken.«

Ich traute meinen Ohren nicht.

»Ich habe das Gefühl, hier nicht im Paradies, sondern auf einer Polizeiwache zu sein. Woher haben Sie überhaupt all diese Informationen?«

»Das geht Sie zwar eigentlich nichts an, aber mir liegen die detaillierten Aufzeichnungen Ihres Browserbetreibers vor. Der ›Allerhöchste‹ nimmt solche Dinge nicht auf die leichte Schulter. Aber das ist noch nicht alles. Es gibt hier auch einige E-Mails von Ihnen, in denen Sie zweifelhafte Witze über Einwanderer machen. Vor allem über, ich zitiere: ›die Invasion der Zigeuner‹. Haben Sie das vergessen?«

»Aber das sind doch sehr persönliche Mails! Dumme Scherze unter Kumpeln! Die uns im Übrigen nicht daran gehindert haben, links zu wählen und gegen jede Art von Rassismus zu sein.«

»Mir ist völlig egal, ob Sie links wählen. Und vertrauliche Mails gibt es nicht. Zumindest nicht mehr. Früher, als das alles noch nicht so genau definiert war, haben wir uns auf den Glauben und die guten Werke unserer Klienten verlassen. Aber inzwischen wird alles nachgehalten. Alles, was Sie in den letzten Jahrzehnten gesagt oder geschrieben haben, liegt uns hier als Abschrift vor.«

»Dann sitze ich also in der Klemme.«

Derek Rubinstein antwortete in einem Ton, den er für tröstlich hielt:

»Ganz so katastrophal ist es nicht. Einige Punkte sprechen auch für Sie, und die Waagschale neigt sich tatsächlich eher dieser Seite zu. Trotzdem kann ich Ihnen wegen der Überbelegung nichts versprechen. Ich würde Ihnen aber in jedem Fall raten, auf schuldig zu plädieren.«

»Es gibt also eine Verhandlung?«

»Ja, aber ein Schuldeingeständnis bringt Ihnen mildernde Umstände. Im schlimmsten Fall müssen Sie für ein paar Jahre ins Übergangslager.«

Ich schwieg. Er warf mir einen gönnerhaften Blick zu, während ich stammelte:

»Und jetzt?«

Mein Anwalt antwortete sofort:

»Jetzt gehen Sie erst einmal zum Ausgang Nummer 15. Dort findet die medizinische Untersuchung statt.«

»Eine medizinische Untersuchung? Wozu? Ich bin schließlich tot.«

Meine Bemerkung ärgerte ihn. Kurz angebunden knurrte er:

»Hören Sie endlich auf, alles verstehen zu wollen. Und denken Sie über unser Gespräch nach. Wir sehen uns morgen um die gleiche Zeit.«

Also gab es auch im Paradies Stunden, Tage und Nächte. Früher hatte ich manchmal davon geträumt, dass das ewige Leben in allen Einzelheiten dem irdischen Dasein ähnelte, ich hätte also eigentlich zufrieden sein können. Allerdings zeigte sich gerade, dass hier nicht etwa die guten Errungenschaften der Menschheit imitiert wurden, sondern die schlechten. Und so erhob ich mich wie ein gut dressiertes Tier und ging zum Ausgang mit der Nummer 15, der Fortsetzung des Verfahrens entgegen.

II

Der Satz

1

Simon im Zug

An diesem Morgen fühlte Simon sich im Einklang mit der modernen Welt. Als er zusammen mit zahlreichen Geschäftsleuten in den Wagen der ersten Klasse stieg, der ihn mit dreihundert Stundenkilometern von einer Stadt in eine andere befördern würde, überkam ihn ein köstliches Gefühl: der Eindruck, am Puls der Zeit zu sein. Mit etwas über fünfzig führte er ein Leben auf der »Gewinnerseite«, und diese Vorstellung verschaffte ihm Vergnügen, wenn auch nicht frei vom einem Hauch Ironie. Er hielt sein elektronisches Ticket in der Hand und fand bald den im Internet gebuchten Einzelplatz. Während die anderen ihre Laptops öffneten oder auf ihren Smartphones herumtippten, stellte er seinen Sitz bequem nach hinten und kostete den Augenblick des Wohlbehagens aus. Er genoss ein wunderbares Privileg: Im Gegensatz zu den anderen Passagieren, die sich im gedämpften Licht auf irgendwelche Sitzungen vorbereiteten, reiste Simon nicht aus profanen geschäftlichen Gründen. Er würde einen Vortrag an einer Universität halten, was natürlich deutlich mehr Klasse hatte. Zwar hatte er als Intellektueller keine Aussicht auf eine hohe Vergütung und Reichtum, aber zumindest konnte er sich Zeit zum Leben nehmen und sich darüber hinaus das zweihundert Euro teure Ticket erstatten lassen, was schon nicht schlecht war.

Er bereitete sich auf ein gemütliches Schläfchen vor, als der Bordlautsprecher blechern zum Leben erwachte und eine Frau sich als Leitende Zugbegleiterin vorstellte. Sie hieß Manon, nannte den Zielort der Reise und den Namen der Bahngesellschaft und erwähnte das absolute Rauchverbot unter Androhung empfindlicher Strafen ebenso wie das Verbot, aus dem fahrenden Zug zu springen. Außerdem zählte sie diverse Verpflichtungen der Reisenden auf wie zum Beispiel die, das Gepäck zu kennzeichnen – aus Sicherheitsgründen. Schließlich holte sie Luft, bevor sie den Passagieren versprach, ihnen in Kürze persönlich zu begegnen, worauf Simon sich fragte, ob die Stimme wirklich einer Frau gehörte und nicht vielleicht doch einem Priester. Anschließend wiederholte die Dame ihre Ansprache auf Englisch. Kurz darauf meldete sich ein gewisser Kevin mit ebenso scheppernder Stimme zu Wort. Er bezeichnete sich als »Steward«, nannte das Catering-Unternehmen, bei dem er beschäftigt war und lud die Passagiere ein, das kalte und warme Buffet des Zuges zu »erkunden«. Einige Geschäftsleute standen auf. Simon döste ein. Eine Viertelstunde später bekam er Lust auf einen Kaffee.

Er schlenderte den Mittelgang der ersten Klasse entlang und erfreute sich an den eleganten Kostümen, seidigen Haaren, gut geschnittenen Anzügen, glatt rasierten Gesichtern und parfümierten Hälsen seiner Mitreisenden. Arbeitsgruppen debattierten über Projekte, Alleinreisende tippten auf ihren Keyboards, draußen huschten Kornfelder vorüber. Gewandt und leichtfüßig lief Simon gegen die

Fahrtrichtung, bis er nach zwei Waggons das Ende einer Warteschlange erreichte.

In dem engen Mittelgang, der irgendwo weiter hinten im Barwagen mündete, warteten hohe Funktionäre ebenso wie wohlerzogene Kinder. Hinter dem Tresen stand Kevin ganz allein. Nachdem seine Stimme am Morgen noch Energie ausgestrahlt hatte, wirkte er jetzt heillos überfordert. Er bereitete Kaffee zu, erhitzte Fertiggerichte, nahm Kreditkarten entgegen, zog sie durch das Lesegerät, das nur bei jedem zweiten Mal funktionierte, und servierte Essbares. Nach fünf Minuten hatte er erst zwei Kunden bedient. Simon wechselte einen mitfühlenden Blick mit seiner Nachbarin. Die Leute standen an die metallisch glänzende Seitenwand gelehnt und wurden allmählich ungeduldig. Einige beschwerten sich über den Personalmangel. Am liebsten hätte Simon sie zurechtgewiesen: »Ihr seid doch selbst schuld daran, ihr blöden Kapitalisten. Ihr wollt immer nur Kosten reduzieren, um euren Profit zu vergrößern.« Er erinnerte sich der Speisewagen seiner Kindheit, in denen das Essen sicherlich nicht viel besser gewesen war. Damals jedoch hatte der Reisende sich mit einer Zeitung an einen Tisch gesetzt, und mehrere Kellner waren um das Wohl der Gäste bemüht gewesen. Und obwohl Simon sich redlich bemühte, mit der Zeit zu gehen, erfüllte ihn der Gedanke an die Vergangenheit mit einer gewissen Nostalgie – er konnte nichts dagegen tun.

Als er endlich an der Reihe war, bestellte er einen Kaffee und ein Croissant. Vorsichtig, um nichts von seinem glühend heißen Getränk zu verschütten, kehrte er an seinen Platz zurück. Er machte es sich bequem und redete sich selbst gut zu: Es war wirklich unangemessen, bei jeder

Gelegenheit herumzunörgeln, vor allem zu Beginn eines so schönen Tages. Schließlich schloss er die Augen und wiederholte im Geiste die Einführungsworte zu seinem Vortrag, den er frei zu halten gedachte. Sein Thema, »Der Schutz der Privatsphäre«, fand bei den internetbegeisterten Studenten immer wieder Gefallen. Simon würde die Unterschiede in der Gesetzgebung verschiedener Länder herausarbeiten und sein Publikum auffordern, über die Relativität des Rechtsbegriffs nachzudenken. Zufrieden mit seinem Ansatz schlief er schließlich ein.

Nach der Ankunft am Zielbahnhof machte Simon sich zu Fuß auf den Weg zur nahe gelegenen Universität. Er konnte sich noch flüchtig an die Provinzhauptstadt mit den Gebäuden im italienischen Stil, den Barockkirchen und einsamen Plätzen erinnern. Trotzdem überkam ihn jetzt, nach zehn Jahren, der Eindruck, dass sich einiges verändert hatte. Lag es daran, dass die Häuser renoviert worden waren? Bei genauerem Hinsehen erkannte er zwar die Fassaden, die Fensterläden aus Holz und die schmiedeeisernen Balkone wieder, aber alles erschien ihm wie chemisch gereinigt und bis auf die Knochen geschrubbt. Die kleinen Provinzläden waren verschwunden und durch Firmenschilder ersetzt worden, die genau so auch in London, Barcelona oder Tokio zu erwarten waren: Zara, H&M, Esprit, Nike, Gap, Solaris. Das gesamte Viertel wurde von Markenkleidung, Lederwaren und Sonnenbrillen dominiert. Simon hatte nicht den Eindruck, sich in einer Provinzstadt zu befinden, sondern in einer riesigen Einkaufspassage unter freiem Himmel.

Sofort rief er sich zur Ordnung. Schuld an diesem Eindruck war wieder einmal seine verflixte Nostalgie. Das renovierte Viertel war schließlich besser als die schmutzige Gegend vergangener Zeiten, als die Menschen sich hier unendlich langweilten und von der großen, weiten Welt träumten. Die früher mit Autos verstopfte Hauptstraße war heute Fußgängern und Fahrrädern vorbehalten, die sich nur noch beim Klingeln der Straßenbahnen in Acht nehmen mussten. Die Kunden, die vor *Starbucks Coffee* Schlange standen, schienen gern zu warten, ehe sie sich selbst bedienten. Im Weitergehen erfreute Simon sich gerade an dem hübschen Gebäude des Hotel Ducal, als er eine Vibration in seiner rechten Hosentasche verspürte.

Sofort packte ihn die Ungeduld des modernen Menschen. Er steckte die Hand in die Tasche, zog sein Smartphone hervor, warf einen Blick auf den Bildschirm und stellte überrascht fest, dass er hundertsechzig neue Nachrichten bekommen hatte. Normalerweise erhielt er am Tag nicht mehr als dreißig bis höchstens vierzig Mails. Und jetzt sollten es hundertsechzig sein? Simon scrollte die Liste hinunter und stellte verblüfft fest, dass es sich durch die Bank um alte Nachrichten handelte, die er vor einer gefühlten Ewigkeit in den Papierkorb verschoben hatte. Wieso kehrten sie plötzlich per Umweg über sein Smartphone zu ihm zurück? Die Geheimnisse des World Wide Web waren wirklich unergründlich. Ohne das Phänomen zu begreifen, lehnte Simon sich an eine nahe Mauer und löschte die Nachrichtenliste sowie den digitalen Abfall, der unerlaubt zu ihm zurückgekehrt war. Dann schaltete er sein Telefon aus.

2

Simon im Büro

Wenn er sich entschloss, sein Büro aufzusuchen, wartete Simon Laroche oft bis elf Uhr, ehe er das Tor des Palais National durchschritt. Obwohl er eine tiefe Abneigung gegenüber geregelten Arbeitszeiten hegte, beobachtete er voller Sympathie die Unerbittlichkeit, mit der seine Untergebenen sich um Pünktlichkeit bemühten. Er selbst jedoch weigerte sich, so zu denken, und ermutigte sogar seine Assistentin, sich bei Bedarf durchaus einmal einen halben Tag zusätzlich freizunehmen. Da er sich seinem Team gegenüber großzügig verhielt, hatte der Vorsitzende der *Kommission für öffentliche Freiheit* weniger Skrupel, sich selbst gewisse Vorteile zu gönnen, wie erst am späten Vormittag zu erscheinen, aufs Land zu fahren, bezahlte Vorträge in der Provinz zu halten und seine Arbeit so zu erledigen, dass er nicht in einen alltäglichen Trott verfiel.

Wie ein gutmütiger König regierte er die kleine, staatlich finanzierte Behörde, die sich wie eine winzige Lücke des Wohlstands in einer krisengeschüttelten Welt ausnahm. Alle vier Monate veröffentlichte die KoföF »Mitteilungen« zu Themen rund um den Schutz der Privatsphäre. Die Kommission, die von einer Gruppe von Wissenschaftlern überwacht wurde, beschäftigte sich hauptsächlich mit Streitigkeiten und Gesetzesentwürfen die Sicherheit vertraulicher Informationen betreffend. Ihre Arbeit veränderte zwar nicht den Lauf der Welt, entsprach aber in jeglicher Form den Anforderungen einer souveränen Demokratie. Viele Jahre militanter politischer Arbeit, die Beschäftigung bei themenspezifischen Zeitschriften und sorgfältig gewählte Beziehungen hatten es Simon ermöglicht, diesen begehrten Posten zu ergattern. Seither arbeitete er als fortschrittlicher Zeitgenosse daran, seine Kommission durch hohe Gehälter und ein Minimum an Zwängen aus dem Chaos der Globalisierungsmaßnahmen hervorzuheben. Sein Hedonismus forderte ihm allerdings auch Opfer ab. Nach Jahren des Hoffens hatte Simon sich schließlich damit abfinden müssen, keinen Dienstwagen zu bekommen. Im Zuge der schwierigen Zeiten, in denen hohe Beamte mit gutem Beispiel voranzugehen hatten, musste er schweren Herzens auf seinen Kindheitstraum verzichten.

Gerade jetzt, als er seinen BMW im Hof des Palais National parkte und zu Fuß auf die große Eingangshalle zustrebte, dachte er wieder einmal mit leiser Wehmut daran. Sein Arbeitsplatz befand sich in einem ehemals privaten Stadthaus im Zentrum der Hauptstadt, in dem mehrere Institutionen untergebracht waren. Der Kommission standen für ihre vier festen Mitarbeiter Büroräume auf hundert Quadratmetern zur Verfügung, was deutlich über der erst kürzlich festgelegten Norm von »zehn Quadratmetern pro Arbeitskraft« lag. Der Gedanke einer derartigen Verhältnisrechnung empörte den Vorsitzenden der Kommission, für den möglichst gute Arbeitsbedingungen ein Zeichen für das hohe Ansehen des Staates darstellten, im Gegensatz zu den an Sklaverei grenzenden Bedingungen in privaten Unternehmen.

Immer zwei Stufen auf einmal nehmend eilte er die Treppe hinauf. Sein Haar wies die ersten grauen Stellen auf, war aber immer noch dicht. Für seine etwas mehr als fünfzig Jahre war Simon noch recht fit und in der Lage, seinen kleinen Bauchansatz unter seinem Sakko zu verbergen. Er begrüßte seine Assistentin und erkundigte sich nach ihren Kindern. Erst als er feststellte, dass einer seiner Sachbearbeiter nicht anwesend war, fiel ihm ein, dass dieser an einem Kolloquium über Soziale Netzwerke teilnahm.

Tatsächlich tendierte die Aktivität der Kommission derzeit gegen null, allerdings bestand Simons wirklich wichtige und dauerhafte Aufgabe darin, möglichst gute Beziehungen zu dem Staatssekretär zu unterhalten, der ihm die Ausschüttung der jährlichen Subventionen garantierte. Und so lautete sein erster Auftrag an seine Assistentin:

»Bitte reservieren Sie mir einen Tisch für zwei Personen im Folies Gourmandes.«

Bis zum Mittagessen würde er seine Post durchsehen, ein paar Telefonate führen und schließlich zu Fuß zu dem hervorragenden Restaurant gehen, um dort seine gute Freundin Ingrid, die Beraterin des Staatssekretärs, zu treffen. Die Assistentin nickte. Simon öffnete die Tür zu seinem Büro und bewunderte dessen Ausstattung wie eine persönliche Schöpfung.

An zwei Wänden reichten Bücherregale vom Boden bis zur Decke. Neben ledergebundenen Klassikern zu den Themen Politik und Recht fanden sich dort Werke, an denen Simon selbst mitgearbeitet hatte, allen voran sämtliche Ausgaben seines Magazins *Gegengewicht*, das vor etwa zehn Jahren einen gewissen Einfluss gehabt hatte. Außerdem fanden sich in den Regalen Simons Lieblingsschriftsteller, deren Werke Besuchern seine Liebe zur Literatur verdeutlichen sollten. Die Bibliothek hatte die nachteilige Eigenschaft, stetig zu wachsen, weshalb Simon beständig neue Regale bestückte, unabhängig von all den Büchern, die sich bei ihm zu Hause stapelten. Eines Tages hatte ihm sein Sohn Tristan bei einem Besuch einen ziemlichen Dämpfer versetzt, als er sagte:

»Man darf gar nicht darüber nachdenken, dass das alles auf einen einzigen USB-Stick passt.«

Ruhig hatte Simon geantwortet:

»Du hast ja keine Ahnung. Hier handelt es sich um sehr seltene Bücher, die man nicht im Internet findet.«

»Demnächst schon. Die Kongressbibliothek ist gerade dabei, ihren gesamten Bestand ins Netz zu stellen.«

Simon hatte nach Argumenten gesucht.

»Außerdem sind viele dieser Bücher mit handschriftlichen Anmerkungen versehen. Ich kann sofort jede Passage wiederfinden, die mich interessiert.«

»Mit einer Suchmaschine ginge das deutlich schneller.«

Hatte der Junge recht? War diese liebevoll zusammengestellte Bibliothek nichts anderes als eine eitle, narzisstische Sammlung? Simon tröstete sich mit der Betrachtung der Bilder an der gegenüberliegenden Wand. Das eine war ein großes abstraktes Gemälde, das andere ein Plakat mit einem Passagierschiff. Beide waren mit persönlichen Erinnerungen verbunden und daher nicht leicht zu digitalisieren.

Auf dem mit Intarsien geschmückten Schreibtisch, der ausschließlich Schreibarbeiten mit Papier und Stift vorbehalten war, lagen lediglich ein paar Unterschriftenmappen. Auf einem Computertisch gleich daneben standen Tastatur und Flachbildschirm, mit denen Simon, wie alle anderen auch, den größten Teil seiner Arbeit erledigte. Er setzte sich an den Computer, drückte auf einen Knopf und erstarrte. Er hatte zweihundertsechsunddreißig neue Nachrichten erhalten.

Simon schloss ungläubig die Augen und öffnete sie wieder. Es handelte sich um genau das gleiche Phänomen wie am Vortag: Vor sich sah er eine Reihe von alten E-Mails, die erneut auf seinem Rechner aufgetaucht waren. Noch merkwürdiger erschien ihm, dass unter diesen Nachrichten einige waren, die er anlässlich seiner Reise erst am Vortag sorgfältig gelöscht hatte. Verwirrt wählte Simon die Nummer seines für Internetfragen zuständigen Sachbearbeiters, erreichte aber nur die Mailbox. Ziemlich verunsichert verließ er den Eingangskorb seines E-Mail-Programms und ließ den Kursor über das Verzeichnis seiner Ordner gleiten. Nach einem kurzen Zögern begann er, sich der geheimen Beschäftigung zu widmen, die seine Anwesenheitszeit zunehmend in Anspruch nahm.

Plötzlich fühlte er sich energiegeladen. Er tippte die Adresse einer ganz bestimmten Seite in seinen Browser ein. Schon auf der Startseite stellte sich dem Betrachter ein halbes Dutzend blonder Püppchen mit russischen Vornamen in aufreizenden Posen zur Schau. Eine hervorlugende Zungenspitze oder ein herausforderndes Lächeln animierten den Betrachter zum Weiterblättern. Für den Bruchteil einer Sekunde versuchte Simon noch, vernünftig zu sein, dann aber machte er sich per Mausklick auf die Suche nach seiner Favoritin Natascha. Wie gewohnt fand er sich schnell auf der Seite wieder, auf der das junge Mädchen in einer Datscha posierte. Sie war in Pelze gehüllt, die allerdings bereits im nächsten Bild fielen. Natascha konnte – je nach Vorliebe – sowohl sechzehn als auch sechsundzwanzig sein, wobei ein Hinweis auf der Startseite besagte, dass sämtliche Models älter als achtzehn Jahre waren.

Schon vor einigen Wochen war die Anziehungskraft des Mädchens auf Simon in wahre Besessenheit übergegangen. Nataschas blassblaue Augen und ihre lässige Haltung zogen ihn so in ihren Bann, dass er sämtliche verfügbare Bilder von ihr gesammelt hatte. Auf seiner Reise durch die Welt der Erotikseiten suchte er immer wieder nach diesem Fantasiegebilde, das seine intimsten Mysterien bereitwillig preisgab, auch wenn es zweifellos nicht Natascha hieß. Simon entwickelte eine besondere Zuneigung für Natascha und sah in ihr seinen Schützling, seine Freundin und seine Vertraute, fühlte sich mit ihr durch Geheimnisse verbunden, von denen seine Frau keine Ahnung hatte.

Auf die fieberhaften Schübe folgten stets theatralische Verzichtserklärungen. Denn wie konnte es angehen, dass der Gründer von *Gegengewicht* seine Zeit mit dem Betrachten von Fotos vergeudete, die ansonsten höchstens einen Pennäler erregten? Er schob sämtliche Fotos in einen Ordner und löschte sie dann alle auf einmal mit einem einzigen Klick, ähnlich wie man einen unangenehmen Gedanken verjagt. Simon mühte sich einige Tage lang, seiner belanglosen Leidenschaft den Reichtum seiner historischen und literarischen Interessen entgegenzusetzen, doch die quälende Erinnerung an Natascha kehrte bald zurück. Sie war das unschuldige Mittel, mit dem er seinen Durst nach Erotik stillen konnte, ohne seine Ehe in Gefahr zu bringen.

Von einem Klick zum nächsten geriet seine Hand auf Abwege. Gerade als er darauf wartete, gewisse gelöschte Fotos wiederzufinden, ertönte ein Klopfen an der Tür. Simon richtete sich auf. Seine Assistentin steckte den Kopf ins Zimmer und fragte:

»Brauchen Sie mich noch?«

Glücklicherweise konnte sie nur die Rückseite des Bildschirms sehen. Mit hochrotem Kopf antwortete ihr Chef in gespielter Selbstsicherheit:

»Nein danke. Sie können zu Tisch gehen.«

»Gut, vielen Dank.«

Scheiß männliche Sexualität, dachte Simon, als sie die Tür hinter sich schloss. Vor seinen Augen öffnete eine junge Slawin ihre Schenkel. In einem plötzlichen Anflug von Scham schloss er hastig das Fenster und löschte systematisch die gesamte Chronik. Fehlte nur noch, dass jemand seine Nase hineinsteckte! Auf der Suche nach festem Boden unter den Füßen holte er anschließend eine Anthologie englischer Poesie des 19. Jahrhunderts aus seiner Bibliothek und ließ sich damit in seiner Sitzecke nieder.

3

Das nächste Gefecht

Wenn Fred und George bei der Analyse der aktuellen Meldungen Zigarre pafften, wirkten sie wie zwei kleine Jungen, die Pressebonzen in einem amerikanischen Film nachmachten. Daisy Bruno amüsierte sich bei jeder Redaktionskonferenz über die beiden, die, eingehüllt in eine dichte Qualmwolke, gern große Reden schwangen. George, geschniegelt und gestriegelt wie immer, pflegte seinen Stil als Big Boss, der unumstößliche Entscheidungen fällte. Fred, der Chefredakteur, war kleiner und dicker als George und beständig auf der Suche nach einem echten Knüller. Er hatte den Hemdkragen geöffnet, die Krawatte gelockert und hielt seinen Kaffee als Energiereserve in der Hand. Beide legten großen Wert darauf, über jedes noch so vertrauliche Detail informiert zu werden. Sie besaßen den passenden Schlüssel zum Verständnis gewisser Informationen und berauschten sich an ihren Analysen. Bei wichtigen Meetings zu Finanzthemen oder zur Festsetzung von Leitartikeln schrammten sie hart an der Grenze zur Karikatur. Denn dann zündeten sich die beiden Mittvierziger riesige Havannas an – ganz so, als setze die Informationspflicht das bei City Channel herrschende Rauchverbot außer Kraft.

Als Daisy gegen halb vier den Raum betrat, erkundigten sie sich immerhin, ob der Rauch sie störe, schließlich war eine Klage ihrer Angestellten aufgrund ihrer gehobenen Stellung in der Hierarchie des Senders nicht ganz ungefährlich für die beiden. George saß an seinem Schreibtisch, während Fred mit seinem unvermeidlichen Kaffeebecher in der Hand an der Wand lehnte und eifrig argumentierte. Neben ihm hatte sich die stellvertretende Programmchefin tief in einen Sessel verkrochen, wo sie der Tabakwolke heldenhaft standhielt. Sie stand auf, als Daisy den Raum betrat, und umarmte sie.

»Wie sieht's aus? Deine Sendung gestern war einfach super! Dieser alte, nostalgische Gewerkschaftler, also, ich war hin und weg!«

»Danke, Kristin. Nett von dir.«

Warum gab sie sich plötzlich so herzlich? Worauf wollte sie mit dieser Inszenierung hinaus? Normalerweise waren sich die beiden Frauen, beide knapp über vierzig, nie einig. Als Daisy bei dem Radiosender anfing, hatte sie zunächst noch Sympathie für das pummelige, etwas schüchterne Mädchen empfunden. Während sie selbst in den folgenden Jahren zur Starreporterin aufgestiegen war, hatte Kristin die Karriereleiter in der Verwaltung erklommen, und zwar dank einer unbestreitbaren Begabung: Sie verkörperte die Meinung des Volkes – zumindest diejenige, die von den Medien über populistisch vermarktete Bedrohungen wie die Geldverschwendung im öffentlichen Dienst oder die Notwendigkeit der Homoehe verbreitet wurde. Ihre Fähigkeiten als »Barometer des Zeitgeistes« waren ausgesprochen nützlich für einen Radiosender, der es tunlichst vermied, Gemeinplätze ins Wanken zu bringen. Von Zeit zu Zeit jedoch geriet Kristin dadurch auf Konfrontationskurs mit Daisy, deren sehr erfolgreiche Sendung im Gegenteil auf ihrer sehr freien Haltung und ihren nicht immer unbedingt systemkonformen Gästen beruhte.

Daisys wirksamste Waffen waren ihr hoher Bekanntheitsgrad und ihre ausgezeichneten Umfragewerte. Jetzt, im Büro des Intendanten, spürte sie, dass ihre Gesprächspartner ihren Respekt für ihre Arbeit und ihre Freiheit nur vorschoben. Sie würden es nicht wagen, ihr Anweisungen zu geben, sondern ihr höchstens einen vermutlich von Kristin angeregten »Vorschlag« machen. Letztere blieb tatsächlich im Hintergrund, während George ihr nun ebenfalls ein Kompliment über das Interview vom Vortag machte und dann fortfuhr:

»Um gleich zur Sache zu kommen: Wir haben eine sehr wichtige Agenturmeldung hereinbekommen.«

»Ein neuer Vorstoß der Bewegung ›Die Belange von Frauen!‹«, fügte Fred mit spöttischer Feierlichkeit hinzu. Kristin warf ihm einen wütenden Blick zu.

Jeder beim Sender kannte die feministischen Überzeugungen der stellvertretenden Programmchefin, ebenso wie Daisy Brunos mangelndes Interesse an dieser Art von Geschlechterkampf. Ob dies der Tatsache geschuldet war, dass Daisy in einer Familie aufgewachsen war, in der die Töchter unter dem bewundernden Blick ihres Vaters taten, was sie wollten? Oder lag es daran, dass sie ein ausgezeichnetes Journalistikstudium absolviert hatte? Dank ihrer beruflichen Erfolge hatte Daisy nie das Gefühl gehabt, schlechter behandelt zu werden als ihre männlichen Kollegen, und manchmal wunderte sie sich, dass selbst die jüngere Generation noch immer ständig die Barbarei gewisser Chauvis beklagte. Kristin hingegen begrüßte die Kompromisslosigkeit der militanten jungen Frauen, die sich mit einer Gleichstellung nur im Grundsatz nicht zufriedengeben wollten. Die Frage spaltete im Übrigen auch die in der Redaktion beschäftigten Männer. Die einen hielten es mit Daisy und ihren Moderationen und sahen darin das, was sie selbst nicht auszusprechen wagten: dass die Welt sich verändert hatte und die Zeit der Konflikte vorüber war. Die anderen neigten eher dazu, sich zu geißeln, und verurteilten die Missetaten ihres eigenen Geschlechts. Die beiden Chefs mischten sich tunlichst nicht ein, verfolgten aber die Strategie, dass ein schwerpunktmäßig sportorientierter Radiosender, der mehrheitlich männliche Journalisten beschäftigte, auf keinen Fall irgendwelchen Machovorstellungen das Wort reden durfte. Und so fuhr George in einer Havannawolke fort:

»Morgen wird in der Presse über eine Grundsatzerklärung gegen Pornografie im Internet berichtet werden. Diese Erklärung ist das nächste Gefecht der Bewegung ›Wir Frauen!‹«

Daisy verdrehte die Augen und ließ ihre Gedanken zu der winzigen Gruppierung wandern, die seit drei Jahren mit Brachialgewalt gegen die »Männliche Ordnung« vorging. Deren leicht linkslastige Art ähnelte in ihren Augen einem Wutanfall verzogener Kinder, aber ihrer Reaktion folgte sofort ein Einwand von Kristin:

»Ich weiß, meine Liebe, dass diese Dinge dich nicht gerade vom Hocker reißen. Trotzdem müssen wir auch diesen Forderungen eine Stimme verleihen.«

Desillusioniert fügte Fred hinzu:

»Und das, obwohl die Brummifahrer, die uns zuhören, die Kabinen ihrer Lkws mit Bildern von schwarzen Tussis mit dicken Titten tapezieren.«

»Mit anderen Worten: Ihr wollt euer Publikum erziehen«, stellte Daisy ironisch fest. »Was genau ist denn das Ziel dieser Grundsatzerklärung?«

Kristin senkte den Kopf und murmelte:

»Die Einführung von Strafen für das Betrachten von Bildern, auf denen Frauen entwürdigend dargestellt werden.«

Daisy, die aussah wie eine schlaksige Bohnenstange, hatte ein offenes Wesen und lachte gern. Dieses Mal jedoch begnügte sie sich mit einer erschrockenen Grimasse.

»Was soll das heißen: entwürdigend?«

Verärgert hob Kristin den Kopf.

»Das ist doch wohl ein Scherz! Guck doch nur mal ins Internet, dann weißt du Bescheid. Die Petition fordert, dass der Staat Zugriff auf Downloadlisten und User gewisser Seiten erhält.«

»Wie bitte?«

Jetzt war Daisy überhaupt nicht mehr zum Lachen zumute:

»Aber Kristin, das wäre doch reinstes Denunziantentum. Und alles nur, weil sich ein paar unglückselige Gestalten auf ihrem Computer nackte Mädchen anschauen möchten.«

»Glaubst du etwa, die sind einfach nur nackt?«, fragte die stellvertretende Programmchefin.

»Ah, dann redest du also von Pornos. Wie kommst du eigentlich darauf, dass Pornos für Frauen entwürdigender sind als für Männer?«

Nach kurzem Schweigen antwortete Kristin:

»Weil die meisten dieser Mädchen sehr arm sind und ausgebeutet werden. Außerdem muss ich dich wohl nicht daran erinnern, dass es sich bei neunzig Prozent aller Pornokunden um MÄNNER handelt.«

Sie genoss ihren Triumph mit glänzenden Augen. Daisy gab in aller Ruhe zurück:

»Und die sind natürlich alle sexuell gestört.«

Fred und George hielten vorsichtshalber den Mund, doch Daisy wandte sich ihnen zu und ergänzte:

»Am besten steckt man euch allesamt vorsorglich ins Gefängnis, dann herrscht wenigstens Ruhe.«

Die beiden Chefs mit ihrer betonten Männlichkeit und ihren dicken Zigarren gehörten ganz sicher zur Gruppe dieser abscheulichen Gestalten; so sehr, dass sie Daisys Mitgefühl zu schätzen wussten. Weil George jedoch dem Zeitgeist Rechnung tragen wollte, fand er schnell zu seinem feierlichen Unternehmergehabe zurück und packte das anstehende Problem kurz entschlossen bei den Hörnern.

»Wenn ich richtig informiert bin, ist dein Gast am Donnerstag nicht unbedingt brandaktuell. Vielleicht könntest du das Interview verschieben.«

Daisy musste ihm recht geben. Der betreffende Philosoph könnte durchaus auch eine Woche später kommen. Sie nickte. Fred sprach weiter:

»Sicher ist dir klar, dass wir es gern sähen, wenn du eine der Gründerinnen von ›Wir Frauen!‹ einladen würdest. Sie könnte uns den Sinn ihrer Petition selbst erklären ...«

George, als Teil des perfekt eingespielten Teams, verdeutlichte Freds Vorschlag:

»Kristin empfiehlt Adama Lolo.«

Daisy war die bildschöne, große Mulattin durchaus ein Begriff, die George vermutlich irgendwann bei einem Cocktail getroffen hatte. Selbst der Einsatz für die Belange von Frauen konnte Georges Schwäche für das schöne Geschlecht kaum bändigen. Er spürte, dass Daisy kurz davor war, zuzustimmen, und legte nach:

»Du darfst ihr natürlich gern Kontra geben.«

Fred zog an seiner Zigarre.

»Um etwas mehr Pep in das Gespräch zu bringen, könntest du vielleicht einen der Männer dazunehmen, die die Petition bereits unterzeichnet haben. Wie wäre es mit dem Vorsitzenden der Gruppe ›Einfach schwul!‹?«

»Ihr seid ja schon ganz schön weit mit eurem Plan!«

»Danke, Daisy!«, sagte Kristin hastig.

Die Journalistin nutzte die Gelegenheit, ihre Forderungen zu stellen.

»Gut, einverstanden. Aber meine Sendung zeichnet sich bekanntlich dadurch aus, dass in ihr alle Meinungen vertreten sind.«

Sie warf der stellvertretenden Programmchefin einen stechenden Blick zu.

»Ich möchte auch jemanden einladen, der gegen diese Erklärung ist.«

»Auf keinen Fall dürfen diese neuen Reaktionäre zu Wort kommen!«, platzte Kristin heraus.

Doch damit tat sie sich keinen Gefallen. George setzte der Debatte ein Ende und stimmte Daisy zu.

»Klar. Kein Problem. Auf diese Weise machen wir uns nicht angreifbar.«

Beim Hinausgehen musterte Kristin Daisy mit einer Mischung aus Nachsicht und Unverständnis.

»Ich verstehe einfach nicht, warum dir diese Dinge solche Angst machen!«

Mit diesen Worten entfernte sie sich, und die drei anderen sahen ihrem runden, in Jeansstoff gehüllten Hinterteil nach.

4

Die Cloud

Simon war schon im Morgengrauen aufgestanden. Der Gesang einer Amsel hatte ihn daran erinnert, dass der Frühling vor der Tür stand. Voller Tatendrang hatte er seine Frau und seinen Sohn umarmt und war früher als sonst ins Büro gefahren. Kurz vor dem üblichen Stau an der Autobahnabfahrt klingelte sein Telefon. Es war Ingrid, die Beraterin des Staatssekretärs. Sie berichtete von einer feministischen Petition gegen die Nutzung pornografischer Seiten, die an diesem Morgen veröffentlicht worden war. Simon lachte laut auf.

»Die spinnen doch!«

Plötzlich erschien Nataschas Bild vor seinen Augen. Würden die Fotos von ihr unter die Kategorie »entwürdigend« fallen, die in der Petition laut Ingrid besondere Beachtung fand? Ingrid jedenfalls fand diesen Angriff auf die Privatsphäre ziemlich unangebracht, obwohl sie auf politischer Ebene alles unterstützen musste, was Einfluss auf die Belange von Frauen hatte. Eine von der KOFÖF herausgegebene Mahnung würde dementsprechend die Arbeit des Staatssekretärs erleichtern und helfen, Ruhe in die Sache zu bringen.

»Du kannst dich auf mich verlassen«, versprach Simon.

An diesem Tag war er der Erste im Palais National. Ein erster Ausflug ins Internet zeigte ihm, dass die Petition bereits für einigen Wirbel gesorgt hatte. Unverzüglich begann er mit der Formulierung seines Statements, und zwar so, wie er es am liebsten tat: auf moderate Art und Weise, indem er zunächst den Standpunkt des Gegners berücksichtigte, um ihn gleich darauf ad absurdum zu führen. In wenigen, geschickt formulierten Sätzen verwies er auf die hohe Bedeutung des Respekts für das Bild der Frau sowie auf das Elend der sexuellen Ausbeutung und der Pornografie, um sofort im Anschluss die unantastbare Respektierung der Privatsphäre der Internet-User und die Grenzen des Strafrechts ins Feld zu führen. Drei Mal las er seinen Text durch, änderte hier und da ein Wort und strich ein paar Kommas, ehe er ihn schließlich als Leitartikel auf der Homepage der Kommission veröffentlichte und gleichzeitig ein baldiges Treffen des Rates der Weisen zu diesem Thema ankündigte.

Nachdem er das erledigt hatte, räumte Simon immer noch gut gelaunt ein paar herumliegende Bücher in die Regale. Bei dieser Gelegenheit fiel ihm eine schöne Ausgabe des *Candide* in die Hände, die er erst kürzlich bei einem auf Antiquitäten spezialisierten Buchhändler erworben hatte. Schon immer hatte er die Sentenz geliebt, die den Helden durch alle Katastrophen begleitet: »Alles steht zum besten in der besten aller möglichen Welten.« Manchmal hatte er den Eindruck, dass das Schicksal ihn ähnlich behandelte wie Voltaires Protagonisten. Auch er bemühte sich, zu leben und zu denken wie seine Mitmenschen, ohne dass ihm das immer gelang, und auch er entfernte sich von der Welt, um seinen »Garten« zu bestellen – in diesem Fall seine Bibliothek, die voller Schätze war. Zu voll, wie sich herausstellte. Er sah sich gezwungen, einen Stapel Bücher umzustellen und dann auf einen Stuhl zu steigen, um seinen *Candide* in der obersten Reihe gleich neben den gesammelten Werken des Philosophen unterzubringen.

Als plötzlich seine Sekretärin eintrat, die nicht erwartet hatte, ihn schon so früh am Morgen an seinem Arbeitsplatz vorzufinden, geriet er beinahe ins Wanken. Doch dann schlug er gut gelaunt vor, selbst Kaffee zu kochen, während er auf seinen Gesprächspartner wartete – einen Internet-Experten von der Polizei, mit dem er das merkwürdige Wiederauftauchen gelöschter Mails besprechen wollte.

Zwei Wochen dauerte dieses Phänomen jetzt schon an. Die Betreiber waren machtlos. Als es vor einiger Zeit in Texas zum ersten Mal aufgetaucht war, hatte sich zunächst niemand Sorgen um diese »technische Schwachstelle« gemacht, die offensichtlich zufällig bei einigen Rechnern auftrat. Bisher hatte noch kein Hacker die Verantwortung für die gravierende Störung übernommen, die jeden Tag schlimmer wurde und immer mehr User mit dem Problem konfrontierte, dass alte, längst gelöschte Mails plötzlich wieder auftauchten. Ganz gleich, ob sie wie Simon täglich »Löschen« und anschließend »Papierkorb leeren« anklickten – die gelöschten E-Mails waren am nächsten Tag wieder da – ganz so, als ob die digitalen Inhalte den Tod verweigerten.

Um elf Uhr geleitete die Sekretärin Pascal Zhang in Simons Büro. Zhang war um die dreißig, hatte asiatische Gesichtszüge und halblanges Haar. Er trug Jeans, hatte sich aber zu einer schlecht gebundenen Krawatte durchgerungen, was seine Erscheinung als ausschließlich auf seinen

Computer konzentrierten jugendlichen *Nerd* nur noch verstärkte. Der Vorsitzende der Kommission schüttelte ihm die Hand, winkte ihn in einen Sessel und servierte ihm Kaffee. Höflich bedankte er sich für sein Kommen und seine Mühen, um die nicht nur für die Kommission hochinteressante Angelegenheit aufzuklären.

»Ich habe inzwischen eine Reihe sehr widersprüchlicher Thesen gelesen. Meine Frage ist eigentlich ganz einfach: Wie kann es passieren, dass gelöschte Mails plötzlich wieder auftauchen?«

Simon fürchtete sich ein wenig vor einer allzu technischen Antwort, doch Pascal Zhang erklärte kurz und knapp:

»Sie müssen wissen, dass im Web nie etwas ganz und gar endgültig verschwindet.«

»Aber wenn ein User beschließt, bestimmte Angaben zu löschen, will der Computer die Aktion jedes Mal zusätzlich bestätigt haben, als wäre der Vorgang unumkehrbar.«

»Schon, aber das vermittelt dem Nutzer lediglich die Illusion, dass alle Angaben vernichtet sind. In Wirklichkeit schwirren sie nach wie vor irgendwo in der Cloud herum.«

Dieses englische Wort, das übersetzt »Wolke« bedeutete, tauchte häufig in einschlägigen Zeitschriften auf, und Simon wollte eine genauere Erklärung.

»Und das bedeutet?«

»Die Cloud ist eine Art virtueller Speicher, der von mehreren Festplatten genutzt wird und in dem alle Informationen gesammelt werden.«

Simon ging es weniger um solche Allgemeinplätze, als um das, was dann folgte. Das interessierte ihn wirklich.

»Wenn Sie zum Beispiel auf Ihrem Computer eine Mail löschen, haben Sie keinen Zugriff mehr darauf. Inzwischen hat sie den Planeten aber mehrfach umrundet, und auf jedem Relais bei Ihrem Provider und auf Ihrem Server ist ein Stückchen davon hängen geblieben.«

Die Einzelheiten fügten sich zusammen wie ein Puzzle.

»Schon seit geraumer Zeit sammeln Server vertrauliche Informationen mit dem Ziel, Ihnen auf Sie persönlich zugeschnittene Werbung senden zu können ...«

»Jaja, das weiß ich alles. Lassen Sie uns auf die Mails zurückkommen.«

»Dahinter steckt noch mehr: Alle Angaben Ihrer Mail existieren auch aufseiten des Empfängers, der sie über seinen eigenen Server und seinen eigenen Provider erhalten hat. Diese Vervielfältigung von Daten bildet eine Art unzerstörbarer Wolke ...«

Je klarer das Bild vor seinen Augen wurde, desto nachdenklicher wurde Simon.

»Man könnte sich beispielsweise vorstellen, dass das Wiederauftauchen Ihrer Mails die Folge von Unregelmäßigkeiten in Ihrer Cloud sind.«

»Das kann ich zwar kaum glauben, mir aber immerhin vorstellen.«

Die beiden Männer schwiegen. Simon dachte über seine Eskapaden im Internet nach. Schließlich erkundigte er sich mit argloser Miene:

»Was würde geschehen, wenn jemand eine etwas pikante Website besucht ...«

»Eine Pornoseite?« Pascal brachte es spöttisch auf den Punkt.

Simon steckte seine Nase in die Unterlagen und fuhr scheinbar gleichgültig fort:

»Zum Beispiel. Gesetzt den Fall, der User schützt sich,

indem er ein VPN benutzt und anschließend seinen Computer von Grund auf säubert…« Er war stolz darauf, sich mit dieser Technik auszukennen, die sein Sohn ihm beigebracht hatte.

Und so machte er es selbst auch, wenn er erst die Fotos von Natascha und anschließend die gesamte Chronik löschte. Pascals Antwort war eindeutig:

»Ganz gleich, was Sie unternehmen – alles bleibt erhalten, und zwar nicht nur im Netz, sondern auch auf Ihrem Computer.«

»Es sei denn, ich formatiere meine Festplatte«, meinte Simon.

»Selbst dann kann ein Spezialist alles rekonstruieren. Sie müssten sie schon mit einem Hammer zertrümmern. Aber selbst dann schwirren Ihre Daten ja noch immer in der Cloud herum.«

Simon riss die Augen auf.

»Sie meinen, dass so gut wie jede vertrauliche Information noch Jahre später wieder auftauchen kann?«

»Genau das meine ich.«

Wie betäubt blickte Simon Pascal Zhang an. Schließlich sagte er langsam, als hätte er die Lektion gerade erst verdaut:

»Insgesamt ist es also so, dass alles, was wir auf unserem Computer machen – und das ist ein sehr großer Teil unseres Lebens – *für alle Ewigkeit* dort aufgezeichnet ist.«

Beide verstummten erneut, bis der Verteidiger der öffentlichen Freiheit wie Candide bei der Entdeckung des wahren Lebens murmelte:

»Und damit wäre es möglich, dass ein Staat, ein mächtiges Unternehmen oder eine Gruppe Hacker die Daten sammelt und zu seinen oder ihren Zwecken nutzt. Es würde genügen, den Ordner von Herrn Sowieso zu öffnen, daraus eine peinliche Information auszuwählen – niemand ist ohne Fehl und Tadel – und sie zu veröffentlichen.«

»Theoretisch wäre das möglich.«

Mit düsterer Stimme fügte Simon hinzu:

»Man könnte sich sogar vorstellen, dass gewisse nicht ganz lupenreine Seiten so etwas wie eigens für unbescholtene Bürger konstruierte Fallen sind. Mit der Erstellung einer leicht zu übertretenden Grenze wirft die Gesellschaft ihre Netze aus und sammelt Beweise, die sich im richtigen Moment als nützlich erweisen könnten ...«

»Also, das grenzt jetzt aber schon an eine Verschwörungstheorie«, gab der Informatiker zurück.

Simon trank einen Schluck Kaffee, ehe er auf sein ursprüngliches Anliegen zurückkam.

»Wie sonst kann das plötzliche Wiederauftauchen von E-Mails erklärt werden, das seit ungefähr vierzehn Tagen überall beobachtet wird?«

Der Polizeiexperte antwortete:

»Es ist statistisch bewiesen, dass das Phänomen höchstens zehn Prozent aller Internetuser betrifft. Aber warum ausgerechnet diese und nicht die anderen? Wir haben keine Ahnung, davon aber viel.«

Bei dem Gedanken, er könnte beispielsweise wegen seines Berufs *persönlich* ausgewählt worden sein, wurde Simon ein wenig flau in der Magengrube. Doch er behielt seine Sorgen für sich. Der Experte fuhr fort:

»Zwei Erklärungen erscheinen uns derzeit besonders plausibel: Sollte es sich um einen Hackerangriff handeln, sind das entweder irgendwelche Spinner, die im Netz ein bisschen Panik verbreiten wollen, oder – was wirklich gemein wäre – es ist eine Gruppierung, die ein Antivirenprogramm vermarkten will und zunächst für Verunsicherung sorgt, um anschließend ihr Produkt anzubieten. Kostenpflichtig versteht sich!«

»Glauben Sie das denn?«

»Es ist zumindest naheliegend. Ganz ausschließen können wir allerdings auch die Möglichkeit nicht, dass es sich um eine Störung im Netz handelt, die unseren bisherigen Kenntnisstand schlicht übersteigt.«

»Und was sollen wir tun?«

Auf diese Frage antwortete Pascal Zhang mit der Selbstsicherheit des Technikfreaks, der davon ausgeht, dass es für jedes Problem eine Lösung gibt.

»Die Provider werden dem schon bald einen Riegel vorschieben und ein System installieren, das lästige Mails in den Papierkorb zurückschickt.«

»Aber ohne sie endgültig zu löschen«, seufzte Simon.

Kurze Zeit später begleitete er seinen Besucher hinaus. Noch immer verwirrte ihn, was er gerade gehört hatte – dass alles, was einmal über das Internet verbreitet worden war, jederzeit wieder auftauchen konnte. Im Gegensatz zum katholischen Glauben, bei dem der Sündenzähler auf null zurückgesetzt werden konnte, war der Glaube an die Vernichtung von Daten reine Illusion. Weil Simon seine Verirrungen nicht für alle Ewigkeit erfasst sehen wollte, schwor er sich, in Zukunft höchst vorsichtig mit seinem Computer umzugehen, vor allem, was das Versenden von E-Mails und gewisse erotische Reize betraf.

Als wolle er seinen Entschluss manifestieren, setzte er sich mit herausfordernder Miene vor seinen Computer, öffnete den Browser und tippte die Adresse *Russenpuppen.xxx* ein. Auf der Startseite erschien ein halbes Dutzend Blondinen, unter denen er Natascha sofort ausmachte. Er schloss die Seite und murmelte halblaut:

»Wenn man bedenkt, dass ich Stunden meines Lebens mit armen Mädchen wie dir verbracht habe!«

5

Abendessen im Kreise der Familie

Etwas später kehrte die innere Unruhe zurück. Auf der Heimfahrt im BMW hörte Simon die Nachrichten. Mehrere Politikerinnen hatten sich der antipornografischen Grundsatzerklärung angeschlossen und drängten die Regierung, es ihnen gleichzutun. Plötzlich kam dem Vorsitzenden der Kommission in den Sinn, dass er im Falle der Entdeckung seiner Verirrungen am Computer in seinem Büro zum gefundenen Fressen für die öffentliche Meinung werden könnte. Das Gespräch mit dem Polizeiexperten hatte keinen Zweifel gelassen, dass die Möglichkeit dazu durchaus bestand. Während er in einem Tunnel im Stau feststeckte, wurden ihm plötzlich erschreckend deutlich die Risiken bewusst, die er mit seinem Surfen in jeder freien Minute eingegangen war.

Doch dann brach sich ein fast tröstlicher Gedanke Bahn. Die Menge der im Internet verfügbaren Informationen musste unglaublich groß sein, man würde ganze Armeen für einen Durchblick in diesem Fass ohne Boden brauchen. Vermutlich riskierte er nicht allzu viel. Trotzdem wuchsen seine Ängste im Verlauf des Abends erneut an. Je intensiver Simon sich bemühte, nicht an das Thema zu denken, desto erdrückender wurden sie. Zu Hause fühlte er sich zunächst ein wenig besser. Er ging in die Küche, küsste Anna auf den Hals und schenkte sich ein Glas Weißwein ein, bevor er im Fernsehen die Nachrichten verfolgte. Wieder ging es um die Petition.

Schlagartig wurde Simon von neuen Bedenken gepackt. Er hätte diese Einladung des Radiosenders für den nächsten Tag niemals annehmen dürfen! Als die Moderatorin von City Channel ihn am Nachmittag angerufen und ihm zu seinem Leitartikel gratuliert hatte, fühlte er sich geschmeichelt und hatte ohne zu zögern zugesagt. Dabei würde ihn diese Sendung zu geradezu unmöglichen Verrenkungen zwingen: Einerseits musste er die Petition kritisieren, wie er es bereits öffentlich getan hatte, andererseits aber würde er die Feministinnen schonen, so gut es ging, um nicht ihren Zorn auf sich zu ziehen. Wenn diese Damen erst einmal herausfanden, dass er sich auf Erotikseiten tummelte, wäre seine schöne Karriere schnell beendet. Schlimmer noch: Sein offizieller Standpunkt erschiene wie die Verteidigung seines eigenen Lasters, was ihn in eine besonders demütigende Rolle zwängen würde.

Um acht Uhr setzte er sich zwischen Anna und Tristan zu Tisch. Der Sojasalat auf seinem Teller war so hübsch angerichtet, dass ihm sein geringer Kaloriengehalt kaum anzumerken war. Simon, der sich nichts sehnlicher wünschte, als seine fixe Idee zu vergessen, lächelte seine Frau an, die ihm ihre eigene Diät aufzwang. Sie war etwas uber vierzig, ausgesprochen schön und wirkte immer ein wenig traurig. Eigentlich stand alles zum Besten in seiner ganz normalen Familie … in der ein Skandal allerdings vorprogrammiert war, sollten die Fotos eines Tages wieder auftauchen, womöglich gepaart mit bösartigen Anschuldigungen.

Simon trank ein Glas Apfelsaft und aß eine Gabel Soja, während sein Sohn einen schönen, fetten Hamburger mit reichlich Cocktailsauce verspeiste. Der Anblick des appetitlichen Gerichts, das dem Jungen vorbehalten war, versetzte Simon einen neidischen Stich. Und schon begann der Tumult in ihm von Neuem. Nicht genug damit, dass Simons schlechte Angewohnheiten im Internet ans Licht der Öffentlichkeit gezerrt würden – alles würde noch viel schlimmer werden, wenn sich herausstellen sollte, dass einige der Mädchen, deren Bilder er heruntergeladen hatte, minderjährig waren.

Wie hatte er nur so dumm sein können, sich in einem Moment der Erregung auf die Angabe dubioser, in der Ukraine oder in Albanien beheimateter Seiten zu verlassen, die Models seien über achtzehn? Seine Rechtfertigung, man habe ihn getäuscht, würde ihn noch tiefer in den Sumpf ziehen und die Unvereinbarkeit derartiger Praktiken mit seinem Status als Chef einer Ethikkommission demonstrieren. Man würde ein Exempel an ihm statuieren. Er würde seinen Job verlieren und möglicherweise eine Haftstrafe absitzen müssen. Und das alles nur, weil er an trüben Tagen manchmal einer unwiderstehlichen Sehnsucht nachgegeben und diese Seiten aufgerufen hatte, auf denen jedes Bild das Öffnen eines weiteren nach sich zog. Nur weil er wie so viele andere dem Charme hübscher Nymphen erlegen war, die ins Netz gestellt worden waren, um alternde Männer zu erregen.

Auf Simons Stirn zeigten sich erste Schweißperlen. Er senkte den Kopf, schluckte einen letzten Bissen, nahm seine Serviette, tupfte sich den Mund ab und wandte sich an Anna:

»Das ist wirklich köstlich. Und so gesund!«

Seit wann beschäftigte sich seine Frau mit Diätetik? Seit wann ging sie ins Fitnessstudio und zu Meditationskursen? Wann hatte sie sich in diese leicht verhärmte Frau verwandelt, die so ganz anders war als jene, die er einst geliebt hatte – die junge, begeisterte Künstlerin, die nach langen Vernissage-Nächten in verrauchten Restaurants noch zu allem bereit gewesen war? Nach Tristans Geburt waren sie beide von der neuen Wirklichkeit eingeholt worden. Während ihr Sohn heranwuchs, siechten Annas ehrgeizige Pläne dahin. Sie hatte ihre Arbeit im Atelier vernachlässigt und sich stattdessen auf die Suche nach Rezepten, Formeln und Zaubertränken gemacht, die dem Alterungsprozess entgegenwirken sollten. Sie hatte sich immer intensiver Simons sozialem Aufstieg gewidmet, als sei dieser ihrer beider Angelegenheit. Was würde sie wohl denken, wenn herauskam, dass er seine Zeit mit dem Betrachten von Fotos nackter Mädchen verbrachte? Was würde sie denken, wenn sie feststellte, dass Natascha – wenn auch ein wenig jünger und vulgärer – ihr auffallend ähnlich sah? Wahrscheinlich würde Anna zum ersten Mal an »ihrem Mann« zweifeln und plötzlich erkennen, dass er einfach nur »ein Mann« im anstößigsten Sinne des Wortes war.

Tristan saß zwischen ihnen und kaute an einem Stück saftigem Fleisch. Er war vierzehn, hatte sein Haar schwarz gefärbt und sein Gesicht weiß gepudert, als wolle er, wie so oft in den letzten Monaten, ausprobieren, mit welchem Erscheinungsbild er seine Eltern am meisten irritieren konnte. Sein T-Shirt mit Punkmotiven war ziemlich vulgär, ebenso wie seine vielen Armbänder und die Ringe im Gothic-Stil. Er kultivierte seine Provokation so sorgfältig, dass er zweimal in der Woche zum Frisör ging, um seinen Haarschopf richtig in Unordnung bringen zu lassen. In der restlichen Zeit schottete er sich mit seinen Videospielen von der Außenwelt ab. Alles eine Frage der Generationen, dachte Simon, der ihn deswegen selten zur Rede stellte, vorausgesetzt, sein Sprössling hielt sich an die geltenden Regeln: Teilnahme an den Familienmahlzeiten und anständige Schulnoten. Manchmal fühlte er sich in der Verantwortung und bemühte sich um einen Dialog, wobei er hoffte, von Tristan nicht nur abwesendes Gemurmel zu hören. Als Flucht vor seinen fixen Ideen riskierte er es an diesem Abend erneut.

»Was gibt es Neues am John Lennon?«

Das war der Name des Gymnasiums, das Tristan besuchte.

Tristan begnügte sich mit ein paar gurgelnden Lauten und steckte seine Nase noch ein Stück tiefer in seinen mit Sahne angemachten Salat. Plötzlich jedoch hob er entgegen jeder Erwartung sein gepudertes Gesicht und rückte mit einer Einzelheit heraus:

»Diese Woche fangen wir in Sozialkunde mit Workshops an. Heute Morgen hat uns eine Lehrerin die Themen vorgestellt.«

»Toll! Erzähl!«, riefen Simon und Anna wie aus einem Mund.

Zufrieden mit der Wirkung seiner Ankündigung, hörte Tristan auf zu murmeln und offenbarte die Energie eines verantwortungsbewussten jungen Mannes.

»Es ist ein bisschen wie ... was soll ich sagen? ... vielleicht wie Polizeiarbeit! ›Polizisten für eine gute Sache‹, so hat sie es genannt.«

Der Ausdruck war Balsam für Simons Ohren. In Tristans Alter war er zornig und linksgerichtet gewesen. Polizisten hatten zur damaligen Zeit grundsätzlich die Rolle des Mistkerls inne, obwohl Simon später dann doch hatte zugeben müssen, dass jede Gesellschaft eine Polizei braucht. Trotzdem fand er es merkwürdig, Tristan in der Verkleidung eines Gothic-Rebellen von ›Polizisten für eine gute Sache‹ sprechen zu hören.

»Es ist eigentlich ziemlich einfach. Unsere Aufgabe lautet, als Team im Internet ein Programm zur freien Meinungsäußerung auf die Beine zu stellen. Gleichzeitig sollen wir die Grenzen dieser Freiheit definieren.«

»Keine Freiheit für die Feinde der Freiheit!«, zitierte Simon den Ausspruch von Saint-Just. Dennoch war es ihm natürlich wichtig, Tristan zur Wachsamkeit zu erziehen.

»Aber du solltest dich mit solchen Sprüchen besser vorsehen. Wo hört die Freiheit auf, und wo beginnt die Zensur? Ich kann dir dazu einige Bücher heraussuchen ...«

Tristan knurrte, wie jedes Mal, wenn er das Wort ›Bücher‹ hörte. Er trank einen Schluck Cola und erklärte mit der Autorität der Jugend:

»Über die Grenzen haben wir uns schon verständigt.«

Unter dem stolzen und bewundernden Blick von Anna begann er aufzuzählen:

»Da wären Rassismus, Terrorismus, die Intoleranz gegenüber Religionen ...«

Unwillkürlich wurde Simons Blick spöttisch. Er, der so oft gegen die Religion auf die Barrikaden gegangen war, konnte diese Nachsicht nur schwer begreifen. Nie war es den archaischen Glaubenslehren besser gegangen als heute. Simon wollte sich gerade seinem nostalgischen Gefühl hingeben, als Tristan ihn in die Realität zurückholte:

»Ganz wichtig: Seiten mit Naziinhalten und Seiten für Pädophile.«

Wie er das gesagt hatte! Mit welcher Arglosigkeit! Mit welcher Sicherheit er solche Gemeinplätze zum Ausdruck brachte! In der Umgebung, in der Tristan aufgewachsen war, beschränkte sich das Böse offenbar auf zwei abscheuliche Fratzen: die Nazis und die Pädophilen. Zwei hinterhältige Fieslinge, die seit Anbeginn der Zeiten im Hinterhalt lauerten, um die Welt in Blut und Perversionen zu tauchen. Solche Vereinfachungen ärgerten Simon. Hinzu kam, dass er sich in diesem Fall persönlich angegriffen fühlte. Schon sah er sich als Mitglied jener Gruppe pädophiler Ungeheuer, die von den Schülern des Gymnasiums John Lennon angeprangert wurde. Dazu brauchte es nicht mehr, als dass irgendwelche Spezialisten auf seinem Rechner die Fotos von Natascha fanden, die vielleicht siebzehneinhalb sein mochte. Aber das war noch nicht alles. Das Sahnehäubchen seines neuen Projekts hatte sich Tristan bis zum Schluss aufbewahrt. Mit seinen letzten Bissen Fleisch und Käse verkündete er triumphierend:

»Wir haben außerdem als Aufgabe aufbekommen, auf unseren eigenen Computern und auf den anderen Rechnern in unserer Familie nachzuschauen, ob Filter installiert sind, die den Zugang zu gefährlichen Webseiten verhindern. Papa, ich werde mir auch deinen Rechner und den in deinem Büro vornehmen.«

Er hatte »Papa« gesagt, wie damals, als kleiner Junge. Trotzdem geriet Simon bei diesen Worten innerlich in Rage. Nicht nur, dass die Schule seinen Sohn zum Inquisitor machen wollte, jetzt setzte sie ihn auch noch auf die Rechner seiner Eltern an!

»Das ist doch hoffentlich nicht dein Ernst. Das wäre nämlich Spionage. Und wirklich ziemlich abscheulich.«

Anna mischte sich ein:

»Und Pädophilie? Ist die etwa nicht abscheulich?«

Durch seine Mutter ermutigt, schlug Tristan in die gleiche Kerbe:

»Und was ist mit den Nazis? Sind die nicht auch abscheulich?«

Simon konnte seine Verärgerung nicht länger im Zaum halten.

»Was redest du da bloß ständig von den Nazis? Kennst du etwa welche? Hitler war in den 1930er-Jahren aktuell. Heutzutage bedrohen uns ganz andere Dinge.«

Tristan musterte ihn ungläubig, entschied sich aber dann doch, einzulenken.

»Wie dem auch sei, Papa, du musst deinen Computer unbedingt schützen. Du kannst dir gar nicht vorstellen, durch wie viele Viren und winzige Spähprogramme die Vertraulichkeit deiner Daten bedroht ist.« Simon nickte. Noch vor zwei Minuten hätte Tristan sich gern als Internetpolizist gesehen, aber in Wirklichkeit bastelte er, wie alle Jungen in seinem Alter, nur aus einem Grund an seinem Computer herum: Er suchte die Anonymität. Anonymität war eine großartige Errungenschaft, die es einem gestattete, Gesetze zu umgehen, stundenlang Filme oder Musik herunterzuladen oder auch auf zwielichtigen Seiten zu surfen. Tristan kannte sich vermutlich viel besser aus als sein Vater, was das anonyme Surfen betraf. Vermutlich konnte er sein Gerät mit ein paar Mausklicks verschlüsseln und von außen unzugänglich machen.

Nach dem Essen verschwand Tristan in seinem Zimmer. Simon und Anna sahen sich einen Woody-Allen-Film an, danach ging Anna zu Bett. Simon setzte sich noch an seinen Computer, um sich einen Überblick über die neuesten Entwicklungen in Sachen Petition zu verschaffen. Einer Meldung zufolge hatte sich die Partei der demokratischen Linken gegen die anti-pornografische Grundsatzerklärung ausgesprochen, die sie für »unvereinbar mit dem Datenschutz« hielt. Erleichtert, dass auch sein Standpunkt an Zuspruch gewann, ging Simon ins Schlafzimmer. Anna schlief schon. Er legte sich mit offenen Augen neben sie und betrachtete das Mondlicht, das durch die hohen Bäume flimmerte.

6

Eine gelungene Sendung

Daisy steuerte auf den Aufenthaltsbereich neben den Aufzügen zu, wo sie die Interviewpartner ihrer Sendung *Kontroversen*, die täglich um achtzehn Uhr von City Channel ausgestrahlt wurde, zu empfangen pflegte.

Erst nach den vor zwei Monaten beendeten Renovierungsarbeiten des Gebäudes war ein unangenehmes Detail entdeckt worden. Die Innenarchitekten hatten schlicht vergessen, einen Aufenthaltsraum oder zumindest eine Couch für die Politiker, Künstler oder Sportler mit einzuplanen, die bei dem Sender zu Gast waren. Mehrere Tage lang hatten verschiedene berühmte Persönlichkeiten sich am Eingang der Redaktion die Beine in den Bauch gestanden, ehe sie ins »Einmachglas« geführt worden waren, wie das ganz und gar transparente Studio für Direktübertragungen genannt wurde. Auf Druck der Moderatoren hatte die Direktion schließlich mithilfe eines Schranks eine kleine Ecke abtrennen und dort drei Stühle und einen niedrigen Tisch aufstellen lassen.

Pannen wie diese wurden immer erst ganz zum Schluss bemerkt. Im Vorfeld der Arbeiten hatte sich die Aufmerksamkeit aller auf die Umsetzung der Forderung eines zur Stadt hin geöffneten Studios gerichtet – eine seltsame Vorgabe, über die Daisy nur den Kopf schütteln konnte. Ihrer Ansicht nach war für die Arbeit in einem Radiosender hauptsächlich Ruhe, ja fast Isolation Voraussetzung, um qualitativ hochwertige Sendungen produzieren zu können. Die Chefetage jedoch schwärmte vom genauen Gegenteil: »einem Sender im Herzen der Stadt«. Gut, dass sie nicht hinzugefügt hatte: »inmitten des Tohuwabohus von Lärm und unbestätigten Informationen«.

Hinter dieser Propaganda verbargen sich selbstverständlich andere Überlegungen. Um die Öffnung zur Stadt durchzusetzen, waren die Einzelbüros eliminiert und das gesamte Stockwerk in einen *Open Space* verwandelt worden. Der englische Ausdruck sollte den Eindruck von Fortschritt, Weite und Freiheit vermitteln. Anschließend hatte man alle Angestellten, die zuvor auf zwei Stockwerke verteilt gewesen waren, in diesen einen Saal gepfercht. Jeder Einzelne saß wie ein Einsiedler in seiner Zelle, immer unter dem wachsamen Blick der Kollegen. Lediglich die Vorgesetzten hatten Anspruch auf verglaste Büros, die mit Schieberollos vor indiskreten Blicken geschützt werden konnten. Der Umbau führte zu einer Art Überwachungsverhalten der Kollegen untereinander. Zeit verschwendende Verhaltensweisen wie private Tätigkeiten, Computerspiele oder persönliche Telefonate wurden so gut wie unmöglich. Die für jeden Angestellten zur Verfügung stehende Fläche sank unter die gesetzlich festgelegte Norm von zehn Quadratmetern – eine Entscheidung, die den Aktionären als »mutige« Veränderung in einer schwierigen Wirtschaftslage verkauft wurde. Zumindest die Redaktion war nach dem Umbau tatsächlich zur Stadt hin offen, die verglaste Fensterfront des Großraumbüros lag unmittelbar über den Dächern der Stadt. Unglücklicherweise mussten die Fenster wegen der Klimaanlage und aus Sicherheitsgründen ständig geschlossen bleiben. In den ehemaligen, zur Stadt hin geschlossenen Büros hatten die Fenster noch geöffnet werden können. Jetzt mussten die Angestellten sich damit abfinden, abgestandene Luft zu atmen.

Daisy konnte sich noch gut an die gar nicht so lange zurückliegende Zeit erinnern, in der die Arbeit als Journalist bei einem großen Sender noch als begehrenswerte Tätigkeit gegolten hatte. Bei den Aufnahmen und im Schneideraum hatte man für gewöhnlich Produzenten und Tontechniker getroffen. All das jedoch hatte sich seit der Digitalisierung grundlegend verändert. Heutzutage nahmen die meisten Moderatoren ihre Sendungen selbst auf, stimmten sie eigenhändig an den Reglern ab und schnitten sie an ihren Rechnern ebenfalls selbst. Das ging in aller Regel nur unter Verwendung von Kopfhörern als einziger Möglichkeit, dem immerwährenden Lärm in diesem Bienenkorb zu entfliehen. Vorbei waren die improvisierten Besprechungen mit Kollegen und die geruhsame, aufmerksame Zeitungslektüre. Jeder erledigte die tausend kleinen Arbeitsschritte wie Korrespondenz, Terminabsprachen und Programmwiederholungen, die früher in die Sekretariate gereicht worden waren, unruhig und gehetzt am eigenen Computer. Jeder werkelte allein inmitten der anderen vor sich hin, um irgendwann den letzten Zufluchtsort der Büro-Zwangsarbeiter aufzusuchen, an dem man sich noch ansatzweise entspannen konnte: den Kaffeeautomaten.

In dieser Umgebung durfte sich Daisy noch glücklich schätzen, denn sie gehörte zu den ganz wenigen Moderatoren, die über ein eigenes Team zur Vorbereitung ihrer

Sendung verfügten. Die Interviews des Formats *Kontroversen* wurden während der Aufnahme komplett gefilmt, was der CityCom neben einer Radiosendung auf City Channel in einem Aufwasch einen Stream für den Internetsender City.net bescherte. Obwohl Daisy zu den arrivierten Radiomoderatoren zählte, musste sie ihre Gäste selbst in Empfang nehmen – eine Aufgabe, die früher eine Assistentin erledigt hätte – und gemeinsam mit ihnen den Open Space bis zum Einmachglas durchqueren.

Zwei Interviewpartner dieses Tages warteten bereits auf dem Sofa und plauderten. Der Mann hieß Boris Marteen, war Mitte dreißig, ausgesprochen elegant gekleidet und hatte eine Hochschule für Verwaltungsbeamte besucht. Er war der Vorsitzende der Gruppierung »Einfach schwul!«. Neben ihm saß Adama Lolo, die Sprecherin von »Wir Frauen!«, eine große Mulattin mit den Gesichtszügen eines schüchternen Kindes. Bei Daisys Ankunft standen beide auf, um sie zu begrüßen, und folgten ihr anschließend durch das Labyrinth aus Zellen, Flachbildschirmen und kopfhörerbestückten Köpfen.

»Das ist ja toll hier!«, rief Boris.

Das war überhaupt das Allerschlimmste: Alle fanden die Umgebung herrlich, ohne zu bemerken, wie schrecklich die Arbeitsbedingungen waren. Da sie der positiven Stimmung keinen Abbruch tun wollte, begnügte Daisy sich mit der Antwort:

»Ja, das hier ist unser neuer Open Space. Ich möchte Ihnen ganz herzlich dafür danken, dass Sie bereit sind, in meiner Sendung Rede und Antwort zu stehen.«

Sie musste sich jetzt auf Banalitäten konzentrieren. Auf keinen Fall durfte sie vorzeitig auf das Thema zu sprechen kommen, sonst würde die spätere Diskussion an Lebhaftigkeit einbüßen. Ihren Gästen voraus betrat sie das Studio aus Plexiglas und zeigte ihnen ihre Plätze vor dem gelben und dem roten Mikrofon. Plötzlich besann sie sich:

»Entschuldigen Sie, aber ich glaube, Sie kennen sich bereits. Adama Lolo, Boris Marteen …«

Die beiden Interviewpartner lächelten sich komplizenhaft an. Durch ihre jeweiligen Belange – Adama machte sich für die Frauen stark, Boris für die Homosexuellen – befanden sie sich oft auf einer gemeinsamen Ebene gegenüber der starken Männlich-Weiß-Hetero-Fraktion.

Nachdem der Techniker ihr grünes Licht gegeben hatte, spielte Daisy den Vorspann von *Kontroversen* ab und begann vor dem Hintergrund der Musik zu sprechen:

»Heute Abend beschäftigt uns die Auseinandersetzung um die Grundsatzerklärung der Bewegung ›Wir Frauen!‹, die Strafen für den Besuch von pornografischen Seiten im Internet fordert. Mein Gast Adama Lolo wird den Sinn dieser Erklärung erläutern, über die bereits viel geschrieben wurde. Boris Marteen, Vorsitzender von ›Einfach schwul!‹, berichtet über den Standpunkt der Homosexuellenbewegung zu diesem Manifest. Wir beginnen gleich nach der Werbung.«

Das rote Mikrofonlicht erlosch, und eine Stimme forderte die Hörer auf, sich am Online-Spiel *Maxi-Foot* zu beteiligen. Daisy bereute, vom »Standpunkt der Homosexuellenbewegung« gesprochen zu haben, schließlich war Boris Marteen nur ein einzelner Schwuler unter vielen anderen. Aber das würde sie im Verlauf der Sendung schon ausbügeln.

Nach der Werbung erläuterte sie den Inhalt der Petition,

die einige als Freiheitsberaubung werteten. Adama Lolo antwortete ihr mit samtweicher Stimme. Unter ihrem karamellfarbenen Äußeren schien sie derart schüchtern und mit ihren großen Rehaugen so verletzlich, dass man den Ernst der Erklärung fast hätte vergessen können.

»Natürlich bin ich unbedingt dafür, das Gesetz und die Freiheit des Einzelnen zu wahren. Aber gleichzeitig bin ich gegen jede Form von Tyrannei, angefangen bei unserer männlich dominierten Grundordnung, die uns so in Fleisch und Blut übergegangen ist, dass wir sie manchmal vergessen. Ich möchte einfach nicht, dass Fotos in Umlauf gebracht werden, auf denen Frauen zu sehen sind, die wie Tiere oder billige Lustobjekte behandelt werden. Damit wir uns richtig verstehen: Es geht hier ausschließlich um die Lust der Männer. Ich bin zudem unbedingt gegen die Ausbeutung wirtschaftlich schwacher junger Mädchen durch die Pornomafia und denke, dass diejenigen, die sich solche Fotos zum Zeitvertreib ansehen, nicht nur Komplizen, sondern ebenfalls schuldig sind.«

Die Moderatorin wagte in friedlichem Ton einen Einwand:

»Adama Lolo, sind Sie allen Ernstes der Meinung, dass die Pornografie ganz ausgemerzt werden sollte? Spielt sie nicht eine wichtige Rolle als Ventil bei sexueller Frustration?«

Adama wurde lauter:

»Entschuldigen Sie, aber das ist doch kein Argument! Es erinnert mich daran, dass Prostituierte als ›notwendiges Übel‹ bezeichnet wurden, bevor die Inanspruchnahme ihrer Dienste dankenswerterweise mit Strafen belegt wurde.«

»Eine weitere Frage, die Ihre Gegner beschäftigt, ist die nach dem Grad der Herabwürdigung. Ab wann würden Sie ein Foto oder ein Video als entwürdigend einstufen? Wir alle wissen, dass Sexualität ein sehr komplexes Gebiet ist und sich manchmal durch zumindest für Außenstehende seltsam anmutende Verhaltensweisen ausdrückt …«

Adama Lolo lachte höhnisch auf.

»Also bitte. Wenn ich bestimmte Bilder sehe – Sie entschuldigen, dass ich jetzt sehr direkt werde, ich spreche hier von Sperma im Gesicht, Doppelpenetration und Frauen, die an der Leine geführt werden –, dann denke ich, dass in den Köpfen dieser Herren ziemlich bizarre Vorstellungen herrschen. Und das stört mich.«

Ihr Lächeln war einem schmollenden Ausdruck gewichen. Daisy hakte nach:

»Sie sprechen von ›diesen Herren‹, als wären nur Männer betroffen.«

»Das ist keine Behauptung. Ich darf feststellen, dass es einer Studie gemäß zu neunzig Prozent Männer sind, die sich solche Bilder ansehen, und zwar Männer, die offenbar große Probleme mit Frauen haben.«

»Die Mehrheit der politischen Parteien und sogar einige Feministinnen sind sich allerdings einig, dass die persönlichen Daten der Internetuser unbedingt geschützt werden sollten.«

»Wir bei ›Wir Frauen!‹ sind der Meinung, dass es sinnvoller wäre, diese Bilder zur Strafsache zu machen. Nur so können wir auf einer gesunden Grundlage zu einer normalen Beziehung zwischen Geschlechtern und Gendern zurückfinden.«

Der Vorsitzende von »Einfach schwul!« bewegte sich, um die Aufmerksamkeit auf sich zu lenken. Daisy wandte sich zu ihm:

»Teilen Sie diesen Standpunkt, Boris Marteen?«

Boris begann mit ein paar landläufigen Wendungen:

»Zunächst möchte ich bemerken, dass für uns jede Form von Sexismus, Macho-Verhalten und Gewalt gegen Frauen schlicht indiskutabel ist.«

Seine Augen waren so rein wie klares Wasser. Er wirkte weder zu männlich noch zu weiblich und hätte nach seinem Jurastudium den perfekten Schwiegersohn abgegeben, hätte er sich nicht in der neuen, zugleich integrierten wie wachsamen Generation Homosexueller wiedererkannt. Seine Argumentation umfasste nur wenige Punkte:

»Mich würde es nicht wundern, wenn gewisse Geheimnisse ans Tageslicht kämen, und wenn es um Minderjährige geht, sollte man wirklich hart durchgreifen. Und genau deshalb habe ich die Petition unterzeichnet!«

Doch er wollte noch etwas anderes ansprechen.

»Ein weiterer Gesichtspunkt ist folgender – und hier gehe ich nicht ganz mit meiner Freundin Adama konform: Wir sollten uns vor unseren Gefühlen in Anbetracht gewisser Bilder hüten, die absolut nicht verurteilenswert sind, wenn sich der Akt zwischen freiwillig dazu bereiten Erwachsenen abspielt.«

Die militante Feministin ereiferte sich:

»Aber Sie müssen doch zugeben, eine Frau an einer Leine zu führen … also wirklich!«

»Es sei denn, die Frau ist erwachsen und freiwillig dazu bereit!«, gab Boris mit fester Stimme zurück.

»Ich kenne keine Frau, die von derartigen Dingen träumt«, entgegnete Adama Lolo. »Außer, um Männerfantasien zu befriedigen.«

Der Homosexuellenvertreter ließ einen Augenblick verstreichen, ehe er einräumte:

»Ich würde mir nie gestatten, im Namen der Frauen zu sprechen. Aber denken Sie doch nur an homosexuelle SM-Verfechter. Oder an Sado-Maso-Praktiken, wenn Sie das lieber hören. Die Partner lieben es, in ihren Beziehungen Macht auszuüben, die sie manchmal geradezu in Szene setzen. Wird ein solcher Akt auf wenige Bilder beschränkt, können diese wirklich schockieren. Aber diese Dinge geschehen freiwillig und zwischen Erwachsenen, und ich kann Ihnen versichern, dass es sich um durchaus ehrenwerte Leute handelt.«

Seine blauen Augen strahlten. Boris fühlte sich sichtlich wohl in seiner Rolle als junger, moderner Homosexueller, der sich seiner Rechte bewusst ist. Daisy hingegen fand die Darstellung von Sado-Maso-Praktiken als achtbarem Akt ausgerechnet am Mikrofon eines großen Radiosenders eher merkwürdig. Adama verlegte sich auf die Ironie.

»Wenn das Männerfantasien sind, dann ist es mir wirklich lieber, wenn Männer damit unter sich bleiben.«

Nach einer halben Stunde Diskussion, unterbrochen von Musik und Werbung, fand man schließlich zu einem gewissen Konsens. Boris Marteen erklärte sich damit einverstanden, seine Forderung so zu formulieren, dass nicht nur Verstöße gegen den Schutz Minderjähriger im Netz bestraft werden sollten, sondern auch die Ausbeutung von Prostituierten. Adama wäre gern noch einen Schritt weiter gegangen.

Daisy begleitete ihre Interviewpartner zum Ausgang. Sie war mit dem Gespräch zufrieden. Nicht nur, dass keine Langeweile aufgekommen war, darüber hinaus hatte die

Debatte auch ein kleines bisschen an der heiligen Gemeinschaft zwischen Feministinnen und Schwulen gekratzt. In manchen Augenblicken war die Uneinigkeit einer männlichen Auffassung von Sexualität und den weiblichen Plänen einer strengen Kontrolle der Libido im Namen des gegenseitigen Respekts deutlich zu spüren gewesen. Nun blieb nur noch, die Diskussion um einen ethischen und vielleicht etwas distanzierteren Standpunkt zu bereichern. Aus diesem Grund hatte sie für den folgenden Tag ein Gespräch mit dem Vorsitzenden der Kommission für öffentliche Freiheit ins Programm genommen, der gewisse Vorbehalte gegenüber der Rechtmäßigkeit des Vorhabens geäußert hatte. Da er jedoch keine Zeit für einen Liveauftritt in der Sendung hatte, sollte das Gespräch noch an diesem Tag aufgezeichnet werden.

Im abgetrennten Aufenthaltsbereich saß Simon Laroche, dessen Pressemitteilung Daisy gelesen hatte. Der gut gekleidete und eher schlaksige Mann stand zur Begrüßung höflich auf und erzählte ihr, dass er ihre Sendung häufig während Autofahrten verfolge und dass er Daisys Sinn für Nuancen und Paradoxa genieße – allein aus diesem Grund habe er ihre Einladung angenommen. Während er Daisy durch den Open Space folgte, bemerkte er erschrocken:

»Hier unter der Beobachtung aller anderen zu arbeiten kann doch keinen Spaß machen!«

Ein tiefer Seufzer zeugte davon, dass die Moderatorin ähnlich dachte. Sie betraten das Einmachglas, setzten sich auf ihre Plätze und begannen eine Unterhaltung über dieses und jenes, während hinter der Glasscheibe Redakteure ihre Arbeit erledigten, rege beschäftigt und kreuz und quer durch den Raum laufend. Daisy erklärte, dass sie der jeweils laufenden Sendung keinerlei Aufmerksamkeit schenkten, was ihre Interviewpartner manchmal etwas verunsichere. Simon verdrehte die Augen. Daisy fasste schmunzelnd das Gespräch zwischen Boris Marteen und Adama Lolo zusammen – der eine hatte eine Lanze für die Ehrbarkeit von Sado-Maso-Praktiken gebrochen, die andere Gesetze gefordert, die jede Art von sexueller Fantasie in Bausch und Bogen unter Strafe stellten. Simon lächelte. Da er spürte, dass diese Journalistin Humor hatte und auch eine kleine Übertreibung verstehen würde, erklärte er augenzwinkernd theatralisch:

»Jaja, die Belange von Frauen! Und die Belange von Schwulen! Manchmal habe ich diese Hektiker satt, die sich über längst gewonnene Schlachten ereifern!«

»Na ja ... es gibt durchaus Länder, in denen diese Belange noch äußerst aktuell und schwierig umzusetzen sind«, wandte Daisy ein.

»Das stimmt natürlich«, musste Simon zugeben. »Aber dann sollte man sich doch lieber für die Frauen und die Schwulen in Saudi-Arabien einsetzen.«

Er kehrte zu seinem Thema zurück.

»Sie müssen doch zugeben, dass das seltsam ist. Alle bekunden ihre Sympathie, die Gleichstellung ist längst erreicht, und trotzdem ist es offenbar nie genug. Also geht man wegen irgendeines vergessenen Details auf die Barrikaden. Das ist kein Kampf für die Gerechtigkeit mehr, das ist schon eher eine Machtstrategie.«

»Deshalb organisiert man sich ja auch in Verbänden«, sagte Daisy.

Plötzlich warf Simon beunruhigt einen Blick auf die Kamera an der Wand. Das Objektiv war auf ihn gerichtet.

»Ist das eine Kamera?«

»Ja, wir filmen die Interviews und stellen sie später ins Internet. Aber keine Sorge: Wir haben noch nicht angefangen.«

Simon rückte seine Krawatte zurecht und konzentrierte sich. Das Interview verlief spritzig und lebendig. Simon hatte den Eindruck, dass seine Argumentation klar und moderat über den Äther kam, genau wie er es sich vorgenommen hatte. Er bestätigte, dass ihm die Belange von Frauen und ihre Würde durchaus am Herzen lägen, es darüber hinaus aber auch eine goldene Regel für den Schutz der Privatsphäre gäbe. Weil das Internet im Alltag unentbehrlich geworden sei, dürfe die Veröffentlichung persönlicher Daten keinesfalls zugelassen werden, und zwar ganz egal mit welchem Ziel – auch, wenn es darum ginge, illegalen Seiten den Kampf anzusagen. Er gab zu, dass es nicht unbedingt empfehlenswert wäre, auf Pornografie zurückzugreifen, dass er es aber als tröstlich empfände, dass die meisten Politiker sich entschieden hätten, eine deutliche Trennlinie zwischen öffentlichen und privaten Lebensbereichen zu ziehen.

Nach dem Interview setzten Daisy und Simon ihre Unterhaltung noch lange fort. Sie verstanden sich auf Anhieb und waren sich ausgesprochen sympathisch. Zufrieden, seine Aufgabe einigermaßen vernünftig bewältigt zu haben, verabschiedete sich der Vorsitzende der Kommission von der Moderatorin und ließ sich ihre Nummer geben. Anschließend verließ er äußerst optimistisch gestimmt das Gebäude von CityCom.

7

Der Fauxpas

Die Gabeln stießen mit einem hässlichen kleinen Klirren auf die Teller. Die Messer zogen quietschend über das Steingut und schienen die Unzufriedenheit jedes einzelnen Familienmitglieds mit den anderen auszudrücken: die Vorwürfe der Ehefrau, die ihrem Mann böse war, weil er sich so weit aus dem Fenster gelehnt hatte, dass er zum Bösewicht des Tages avanciert war; die Vorwürfe des Sohnes, der sich seines Vaters schämte, der nicht einmal in der Lage war, die Spitzfindigkeiten der Welt der Kommunikation zu meistern; die Vorwürfe des Vaters, der kopfschüttelnd vor dem Egoismus seiner Familie stand und sich darüber hinaus ärgerte, dass er seine Zunge nicht im Zaum gehalten hatte.

»Du hättest wirklich besser aufpassen müssen!«

Diesen Satz äußerte Anna Laroche jetzt bereits zum vierten Mal. Simon spürte, dass sie sich zurückhielt, dass sich ihre Wut aber immer wieder in diesem quälenden Satz Bahn brach. Weil er aber auch beim vierten Mal nicht reagierte, wagte sie sich weiter vor:

»Wenn ich gemein wäre, würde ich ihnen stecken, dass du wirklich so denkst. Dass du schon immer über die Belange von Frauen gelacht hast.«

»Okay«, seufzte der Gatte, »ich habe vielleicht ein bisschen übertrieben, aber zumindest habe ich gesagt, was ich denke.«

Anna zuckte die Schultern. Er fuhr fort:

»Im Übrigen hast du bisher ganz gut von meiner Haltung profitiert. Du kannst tun, was du willst, wie du es willst und wann du willst. Ich lasse dich in Frieden ...«

Sie warf ihm einen wütenden Blick zu: »Genau da liegt ja das Problem. Man könnte meinen, du sprichst mit einer Frau, die sich aushalten lässt, oder mit einer Kokotte aus den 1930ern. Wie in den alten Filmen, die du so liebst.«

Sie stieß einen tiefen Seufzer aus.

»Ganz ehrlich: Wenn ich das hier so sehe, bereue ich, dass ich mich nicht intensiver meiner Karriere gewidmet habe. Ich hätte mich ein wenig mehr um mich kümmern sollen.«

Irgendwann kommt immer der Moment, an dem die Ehefrau bedauert, nicht mehr für sich getan zu haben. In der momentanen Situation allerdings kam diese Offenheit der Boshaftigkeit recht nah. Von außen betrachtet hatte die Fassade noch keine Risse. Den Freunden, die bestürzt anriefen, versicherte Anna ihre Zuversicht, dass es sich bei der Angelegenheit um einen Irrtum handele, dass die Presse Simons Äußerungen missverstanden habe, und dass Simon natürlich sofort eine Gegendarstellung veröffentlichen werde. Tristan hatte sich zu Beginn in dem Hype um seinen Vater gesonnt. Unter Heranwachsenden galt Ruhm als Wert an sich, und einige Freunde hatten Tristan dazu beglückwünscht, der Sohn eines Promis zu sein. Der Junge hatte mehrere Stunden gebraucht, ehe er die Gefahr realisierte, die seinen angenehmen Status als Sohn aus besserem Haus bedrohte. Die Spannung wuchs, als Anna in wärmerem Tonfall weitersprach:

»Bitte, Liebling, ich flehe dich an. Diese Gegendarstellung ist dringend nötig.«

»Mach schon. Dann wirst du ein Star«, fügte Tristan hinzu, als wäre das Leben ein Actionfilm mit seinem Vater in der Rolle des Unbesiegbaren, in der er ihn als Kind so oft gesehen hatte.

Dabei hatte die Angelegenheit so gar nichts Ruhmreiches an sich. Zunächst einmal hatte sie Simon völlig überrascht. Er hatte die Bombe nicht kommen sehen, die genau auf ihn zuhielt. Weil seine Gedanken nur noch um seine erotischen Eskapaden im Internet gekreist waren, hatte er zunächst geglaubt, er wäre aufgeflogen, als seine Assistentin völlig aufgelöst in seinem Büro erschienen war:

»Sie sollten mal die neuesten Meldungen googeln, Monsieur Laroche. Ich mache mir große Sorgen um Sie.«

Er hatte das Schlimmste befürchtet und sich die unterschiedlichsten Situationen ausgemalt. Zum Beispiel eine Polizeiaktion, die auf illegale Seiten und ihre User zielte. Oder dass die Seite *Russenpuppen.xxx* der Darstellung minderjähriger Mädchen überführt worden war. Und dass sein Name vielleicht ganz oben auf der Liste stand, weil er über einen gewissen Bekanntheitsgrad verfügte. Er hatte sogar ein paar Argumente zusammengesucht und hätte im Falle eines Falles von einer »Phase der Müdigkeit und Depression« gesprochen. Bereit zum Kampf hatte Simon die Augen geschlossen, tief durchgeatmet und schließlich seinen Namen in die Suchmaschine eingetippt. Und erschrocken feststellen müssen, dass eine wahre Flut von Artikeln angezeigt wurde. Mit gerunzelten Augenbrauen las er überrascht die Überschrift des ersten:

»Der Vorsitzende der Kommission für öffentliche Freiheit hat Frauen und Schwule satt.«

Was hatte dieser Satz zu bedeuten? Die Seite enthielt mehrere Links zu Videos, auf denen Simon sich selbst im Aufnahmestudio von City Channel erkannte. In diesem Augenblick fiel ihm siedend heiß das private Gespräch ein, das er vor den eigentlichen Aufnahmen mit der Journalistin geführt hatte.

»Das kann sie doch nicht gemacht haben!«

Er klickte das erste Video an und sah sich selbst entspannt und lachend die Sätze aussprechen:

»Jaja, die Belange von Frauen! Und die Belange von Schwulen! Manchmal habe ich diese Hektiker satt, die sich über längst gewonnene Schlachten ereifern!«

»Sauerei!«, knurrte er.

Doch dann rief er sich zur Raison. Konnte eine humorvolle Bemerkung wirklich so wichtig sein? Immerhin zeugte sein gesamtes öffentliches Auftreten davon, dass er weder die Belange von Frauen noch die von Homosexuellen je auf die leichte Schulter genommen hatte. Er ging davon aus, dass es sich lediglich um ein Strohfeuer handelte, und hörte sich zum zweiten Mal den Satz an, der aus dem Mund des Vorsitzenden der KoföF tatsächlich ein wenig deplatziert klang, auch wenn man davon absah, dass er nicht während des Interviews und darüber hinaus in scherzhaftem Tonfall geäußert worden war. Leider fielen ihm sogleich zehn andere Beispiele als Beweis dafür ein, dass der Kontext nie etwas an der eigentlichen Äußerung änderte. In einer Welt, in der überall Kameras oder Telefone darauf lauerten, jemanden festzunageln, interessierte sich niemand dafür, ob Bemerkungen während oder außerhalb eines Interviews gefallen waren. Für solche Erörterungen gab es keinen Raum mehr. Wie viele Politiker waren nicht schon auf diese Weise kalt erwischt worden und hatten sich anschließend endlos entschuldigen müssen?

Simon war umso wütender, als die Sendung an sich ausgesprochen gut gelaufen war. Dies jedoch verlor angesichts des Mitschnitts nun völlig an Bedeutung. Er kehrte zur Startseite zurück und klickte einen etwas längeren Ausschnitt an, bei dem Daisy ihm antwortete:

»Na ja … es gibt durchaus Länder, in denen diese Belange noch äußerst aktuell und schwierig umzusetzen sind!«

Sie kam gut dabei weg! Noch schlimmer aber war die Tatsache, dass ein ordentliches Stück Film weggeschnitten worden war. Simon erinnerte sich genau, ihr zugestimmt zu haben, zu sehen aber war nur seine darauffolgende Erwiderung:

»Sie müssen doch zugeben, dass das seltsam ist. Alle bekunden ihre Sympathie, die Gleichstellung ist längst erreicht, und trotzdem ist es offenbar nie genug. Also geht man wegen irgendeines vergessenen Details auf die Barrikaden. Das ist kein Kampf für die Gerechtigkeit mehr, das ist schon eher eine Machtstrategie.«

In den Kommentaren zu diesem Video regte sich eine Userin über das Wort Detail auf, erinnerte an die Schwere der Gewalt, die Frauen angetan wird, und empörte sich, dass eine »Person des öffentlichen Lebens« darauf mit an Negationismus grenzender Blindheit reagierte. Die Aufzeichnung hatte sich innerhalb weniger Stunden wie ein Lauffeuer verbreitet. Das offizielle Interview hingegen, in dem Simon an sein Festhalten an der Würde der Frauen erinnerte, erschien auf keiner einzigen Seite. Einige Titel im Netz hatten das brisante Zitat sogar noch zusätzlich beschnitten: *»Ich habe die Frauen und die Schwulen satt!«* Ein Kommentar reihte sich an den nächsten, es war wie eine Welle aus Hass, Groll und Häme, die über ihrem an den Pranger gestellten Opfer zu brechen drohte. In seinem Beruf hatte Simon sich oft gegen solche Auswüchse aufgelehnt; nie hätte er für möglich gehalten, dass sich eine solche Schlammlawine eines Tages auch über ihn ergießen könnte.

Viele Kommentare, deren Urheber sich hinter ihren Nicknames versteckten, riefen nach Vergeltung (»Ein solcher Mistkerl sollte sofort all seiner Ämter enthoben werden«) oder ergingen sich in Gefühlsduselei (»Derartige Äußerungen sind unerträglich. Dieser Männlichkeitswahn muss endlich aufhören«). Einige Frauen nahmen die Gelegenheit wahr, sich zur Beziehung zwischen den Geschlechtern zu äußern: »Der Kerl denkt mit seinen Eiern. Der Schwanz, das war gestern.« Auf einigen Gay-Seiten sah Simon sich als Befürworter des rosa Winkels verunglimpft. Manche Stimmen waren beunruhigt ob seiner Leichtfertigkeit: »Wenn Monsieur Laroche den Kampf der Homosexuellen für überlebt hält, soll er sich mal in den Vorstädten umsehen.« Oder: »Da sieht man mal wieder, wie die Ideen der Ultrarechten langsam in die Kreise der Mächtigen sickern. Rücktritt, Laroche!«

Nachdem er eine Weile wie vom Donner gerührt vor dem Computer gesessen hatte, wählte Simon die Nummer von Daisy Bruno. Die Journalistin hob beim zweiten Klingeln ab, und Simon fauchte wütend:

»Laroche hier. Ich muss schon sagen – was Sie da angerichtet haben, ist eine Riesenschweinerei. Und dabei waren Sie mir eigentlich recht sympathisch.«

Daisy klang angestrengt:

»Das war ich nicht! Sie müssen mir glauben! Ich bin genau so entsetzt wie Sie!«

»Das sind doch nur Ausreden! Das Kind ist längst in den Brunnen gefallen. Können Sie sich die Konsequenzen überhaupt vorstellen?«

»Ja, natürlich, und ich bin erschüttert. Ich habe sofort mit der Sendeleitung gesprochen, aber auch dort weiß keiner etwas. Möglicherweise geht der Mitschnitt auf das Konto eines Technikers.«

Nach kurzem Schweigen explodierte Simon:

»Wieso zum Teufel liefen diese verdammten Kameras schon vor dem Interview?«

»Glauben Sie's mir oder nicht, Monsieur Laroche, aber ich hatte keine Ahnung, und das habe ich auch schon auf Twitter gepostet. Darüber hinaus bin ich natürlich gern bereit, es öffentlich zu wiederholen. Außerdem denke ich, dass Sie Anzeige erstatten sollten.«

Aber alle Proteste gegen die Veröffentlichung nutzten nichts. Eine Stunde später rief die Beraterin des Staatssekretärs an.

»Wie kann ein einzelner Mensch so blöd sein!«, rief Ingrid ins Telefon. »Du musst unbedingt sofort reagieren.«

Damit eröffnete sie den langen Reigen freundschaftlicher Ratschläge. Die meisten Anrufer hatten zwar Mitleid mit Simon, stellten aber seine Arglosigkeit infrage. Ingrid wollte ein wenig Ruhe in die Angelegenheit bringen und unbedingt verhindern, dass man Simon den Rücktritt nahelegte, wobei sie das Wort selbst tunlichst vermied. Sie sprach von »unkontrollierbaren Kräften«, die entfesselt worden seien.

Nach diesem Anruf machte Simon sich daran, die offenbar unvermeidliche Gegendarstellung zu verfassen. Er begann mit dem Hinweis auf den lockeren Ton des Gesprächs, der selbstverständlich nicht zur Veröffentlichung gedacht gewesen war. Seine »unglückliche Bemerkung« sei eine witzig gedachte »Übertreibung« gewesen. Doch dann legte er den Stift beiseite. Jede Rechtfertigung war ohnehin unnötig, überlegte er. In der Öffentlichkeit herrschte die Meinung, dass er Frauen und Homosexuelle nicht nur beleidigt, sondern zu »Hektikern« degradiert hatte. Und die einzige Antwort für einen solchen Fauxpas war eine öffentliche Entschuldigung.

Am ersten Abend hatte Anna noch mit einem Lächeln auf den Aufruhr reagiert. Sie war daran gewöhnt, dass ihr Mann jede Art von Zerreißprobe geschickt umging, und hielt ihn für verschlagener, als er eigentlich war. Am nächsten Morgen jedoch machten ihr verlegene Anrufe guter Freundinnen den Ernst der Lage bewusst. Die Rufe nach Rücktritt wurden lauter. Eines wurde ihr klar: Es war nicht gut, dass sie Simon hatte gewähren lassen. Sie hätte ihm seine schlechten Neigungen ebenso vor Augen halten müssen wie seine zynischen Frotzeleien über gute Dinge.

Simon hingegen begann zu rechnen. Wie hoch würde seine Abfindung ausfallen, wenn er wegen schwerwiegenden Fehlverhaltens entlassen wurde? Minimal! Und wie viel würden Arbeitsamt und Versicherungen zahlen? Fast nichts! Wie lange würde es dauern, bis er einen neuen Job fand? Das wäre nach einem derartigen Skandal sicher nicht leicht. Und dabei musste er noch etwa zehn Jahre arbeiten, bis die Wohnung abbezahlt war. Oder er müsste das Ferienhaus verkaufen … Insgeheim hatte er sich seit seinem beruflichen Aufstieg vor einer solchen Katastrophe gefürchtet. Und jetzt schien sein Kartenhaus in sich zusammenzubrechen …

»Du hättest wirklich besser aufpassen müssen!«, erklärte Anna inzwischen zum fünften Mal.

Damit brachte sie das Fass zum Überlaufen. Simon blickte seine Frau an, ehe er den Pfeil abschoss, den er ihr seit dem Beginn der Mahlzeit zugedacht hatte:

»Du hast vollkommen recht, Liebling. Ich habe Mist gebaut. Aber um ganz ehrlich zu sein: Ich ertrage den Gedanken nicht, aus einem derartig lächerlichen Grund öffentlich demütig zu Kreuze zu kriechen. Ich denke, ich sollte lieber meinen Rücktritt anbieten …«

»Was?«

Der Ausruf schoss geradezu aus Annas Mund. Simon fuhr unbeirrt fort:

»Natürlich. Ich demonstriere Würde, anstatt mich an meinen Posten zu klammern. Ich werde erklären, dass ich es für nicht tolerierbar halte, dass meine Äußerungen aus dem Zusammenhang gerissen werden, und dass ich es ziemlich kläglich finde, dass der Staatssekretär mich nicht öffentlich unterstützt usw., usw.«

»Aber das kannst du doch nicht machen!«, rief Anna.

»Ach ja? Und wieso nicht?«

»Weil es egoistisch wäre!«, entfuhr es seiner Frau.

Sofort erläuterte sie ihre Worte:

»Du erleichterst damit vielleicht dein Gewissen, aber an deine Familie denkst du dabei nicht.«

»Stimmt, Papa«, bekräftigte Tristan. »Stell dir mal vor, was die Jungs in der Schule sagen werden.«

»Was egoistisches Verhalten betrifft«, sagte Simon, »so scheinen wir einander darin in nichts nachzustehen. Hier denkt doch jeder nur an sich. Anna will ihren Lebensstil behalten, Tristan interessiert sich nur für die Meinung seiner Schulkameraden. Wenn ich weiter als Mistkerl da stehen würde, täte ich euch damit nur einen Gefallen. Man würde euch als Opfer betrachten, und jeder hätte Mitleid mit euch.«

Und damit setzte Simon seine Mahlzeit ohne weitere Erklärung fort. Tristan stand auf und ging sichtlich verwirrt nach oben in sein Zimmer. Mit beinahe sanfter Stimme begann Anna, auf Simon einzureden. Sie entschuldigte sich, zu weit gegangen zu sein und erklärte, weiterhin natürlich vollstes Vertrauen in ihren Mann zu haben. Trotzdem wolle sie ihm empfehlen, seine Karriere nicht in einer Phase aufs Spiel zu setzen, wo sich noch alles beruhigen konnte. Als sie glaubte, die Krise wäre überstanden, legte Simon seine Serviette auf den Tisch und verließ laut türknallend den Raum.

8

Red und Darius

»Pornos verbieten? Hast du das gehört, Darius?«

»Ja, ich hab's gehört, Red. Und ich hab von dem Quatsch die Nase gestrichen voll.«

Die beiden Jungen lehnten an der Außenwand des »Honolulu« und hörten Musik aus dem Ghettoblaster. Bunte Graffiti an den Außenwänden des Sandwich-Shops erinnerten an das Flair kalifornischer Suburbs. Der Horizont ihnen gegenüber beschränkte sich auf die Wohntürme der Siedlung »Falaises de l'Ouest«, einer Ansammlung von Hochhäusern, deren fantasievoller Name laut Stadtrat seinen Teil dazu beitrug, den Bewohnern ihren Stolz zurückzugeben. Ansonsten bestand die Umgebung aus eingeschossigen Bruchbuden und winzigen ummauerten Gärtchen, die von bissigen Hunden bewacht wurden. Die Kreuzung, an der die beiden Freunde sich zu treffen pflegten, war der einzige einigermaßen belebte Ort im Umkreis von mehreren Kilometern. Hier gab es eine Autowerkstatt, eine Apotheke und den bunt bemalten Sandwich-Shop, der auch fettige Fritten verkaufte. Die Kreuzung bot den Jugendlichen der Umgebung zumindest einen Ort, an dem sie sich treffen und abhängen konnten.

Red und Darius waren Urgesteine in diesem Meer aus Banalitäten. Reds Familie bewohnte einen der Bungalows mit Rasengeviert. Diese waren der unteren Mittelschicht vorbehalten, einer sozialen Schicht, die sich mittlerweile den Neid der Bewohner der am Stadtrand wild wuchernden Mobilheime verdient hatte. Wie sein Spitzname vermuten ließ, hatte Red rotes Haar, das in ungezähmten Locken sein Gesicht umrahmte. Seit seiner Kindheit war er vernarrt in Süßigkeiten und hatte mittlerweile jeden Versuch aufgegeben, seinen für seine siebzehn Jahre zu runden Bauch zu verbergen. Seine Hose warf Falten über seinen Knöcheln, und seine Persönlichkeit fand Ausdruck in seinen T-Shirts, die immer ein provozierendes Statement zeigten, so zum Beispiel ein Cannabisblatt oder eine Aufschrift wie: »Ich bin nicht schwul, mein Kumpel aber schon!«.

Dieser Text stärkte bei einigen Mädchen in seiner Klasse die Annahme (den Verdacht hatten sie schon länger), er sei der Geliebte seines besten Freundes Darius. Sie begannen daraufhin sofort, ihn zu umschwärmen, doch mehr als ein Grinsen bekamen sie nicht von ihm.

»Hört schon auf. Ich bin alles andere als schwul. Ich wollte nur ein bisschen Blödsinn machen. In Wirklichkeit ziehe ich mir auf meinem PC ständig Bilder von nackten Mädels rein.«

Woraufhin er ein Kreischen erntete.

Reds Kumpel Darius war von dunklerer Hautfarbe, und sein athletischer Körper war groß. Er war der älteste Sohn einer nach der Invasion der Amerikaner emigrierten irakischen Familie und wirkte meist verträumt und seiner Umgebung gegenüber ein wenig skeptisch. Darius wohnte in der Hochhaussiedlung, konnte sich für Geschichte begeistern und hatte einmal als begabter Schüler gegolten. Doch seit ihrem vierzehnten Lebensjahr beschäftigten sich die beiden Freunde eher damit, Spaß zu haben, als gute Noten zu schreiben, sie machten lieber Blödsinn als zu lernen und glänzten in der Theater-AG statt in Mathematik. Anstatt in die Hausaufgaben steckten sie ihre Energie lieber in das Komponieren von Songs, und so hatten sie den »Unirap« erfunden, der ihnen Ruhm und Reichtum bringen sollte. Dieser Musikstil, der bisher noch nicht über die Schwelle ihrer Zimmer hinausgekommen war, stützte sich auf eine Art Universalsprache – eine Folge unverständlicher Wörter, die phonetisch die Beschimpfungen verballhornten, auf die sich die Poesie gewisser Rapper so häufig beschränkte.

»Was geht ab?«, fragte der Iraker, der immer noch an der Mauer lehnte.

»Scheiße, was geht wohl ab?«, überbot ihn Red.

Sie liebten diese Art desillusionierter Dialoge, an deren Schluss ihnen meist irgendetwas Dummes einfiel, womit sie den Rest ihres Samstagnachmittags herumkriegen konnten. Wie zum Beispiel die Forderung nach der Eröffnung einer halal-zertifizierten Metzgerei. (»Klar ist das bescheuert«, hatte Red am Mikro eines Lokalsenders zugegeben, »aber mein Kumpel Darius sieht mich Schweinefleisch essen und bekommt auch Appetit. Ich möchte ihm eben helfen.«) Vor Kurzem hatten sie in der Siedlung Zettel verteilt, auf denen sie die Zahlung von Arbeitslosengeld an razziageschädigte Dealer und Koberer anregten. Diese dummen Streiche hätten ihnen in einer humorlosen Umgebung ernsthaft Ärger bescheren können, aber es gelang ihnen jedes Mal, sich aus der Affäre zu ziehen. Inzwischen hatten sie den Status von Clowns erlangt und wurden von den Banden des Viertels – den Schwarzen, den Arabern, den Einheimischen, den Schiebern und den verschiedenen religiösen Gruppierungen, deren Mitglieder fast alle angelsächsische Vornamen trugen und die gleichen amerikanischen Serien sahen – mehr oder weniger toleriert.

Mädchen gingen Red und Darius meist auf die Nerven. Voller Verachtung beobachteten sie deren pubertäre Hektik und Hingabe an vergängliche Dinge wie Kleidermarken oder angesagte Haarschnitte, was dazu führte, dass die Mädchen selbst die dümmsten Typen idealisierten. Einerseits bemühten sie sich, die Jungen aufzureizen wie echte Weibchen, andererseits lernten sie, sich als Opfer zu sehen, die das Joch der Männer schon seit Anbeginn der Zeiten zu ertragen hatten. Bei Diskussionen in der Schule hielten sie gern flammende Reden über die Benachteiligung von Frauen und über »die Männer, die alle Rechte haben, und wir kein einziges«. Was in einigen Familien sicherlich stimmte, aber sowohl junge als auch alte Männer nicht daran hinderte, sich den Mädchen wie gefügige Kinder anzubiedern.

All das ging den Freunden ohnehin gehörig auf den Senkel, und nun kam auch noch die Petition der Bewegung »Wir Frauen!« hinzu, die dazu aufrief, Konsumenten von Internet-Pornos zu bestrafen.

»Langsam wird es kompliziert«, seufzte Red. »Die machen den Jungs solche Angst, dass die sich sowieso schon lieber Videos anschauen … Und jetzt sollen auch noch die Liebhaber knackiger Arschfotos ins Gefängnis!«

»Du musst schon zugeben, dass Pornos nicht das Gelbe vom Ei sind«, seufzte Darius.

»Glaubst du, dass die Darstellerinnen dazu gezwungen werden?«

Der junge Iraker, ganz Freund des schwachen Geschlechts, antwortete:

»Auch wenn sie sich frei fühlen, werden Frauen von Kindesbeinen an unterworfen. Damit muss endlich Schluss sein, Red. Alle Männer sollten unter Beobachtung gestellt werden.«

»So ein Quatsch!«, grunzte Red. »Die Mullahs wollen die Frauen verschleiern, die Feministinnen wollen die Männer bestrafen ...«

»Vergiss nicht, dass es auch andere Frauen gibt. Die, die insgeheim noch von uns träumen. Die, die nicht jeden Satz mit ›Wir Frauen‹ beginnen ...«

»Ist dir schon mal aufgefallen, dass nie jemand sagt ›Wir Männer denken so und so‹ oder ›Wir Männer mögen dieses und jenes‹?«

»Logisch. Weil uns das nämlich sofort als Chauvinismus ausgelegt würde.«

»Tja, mein Lieber, dann sehe ich schwarz für unsere Zukunft. Irgendwann sind wir erwachsen und müssen uns eine Frau suchen, indem wir uns ganz klein machen und allenfalls sagen dürfen: ›Wir Freunde der Frauen ...‹«

Nach einer Weile düsteren Schweigens fragte Darius:

»Hast du mal 'ne Zigarette?«

»Ich dreh dir eine. Aber mir fällt da gerade was ein ...«

»Schieß los, Red.«

»Wir könnten doch eine Bewegung ins Leben rufen, die wir ›Wir Männer!‹ nennen.«

Darius grinste und spann die Idee sofort weiter:

»Wenn zum Beispiel jemand schreit: ›Wir Frauen wollen

die Pornografie ausmerzen‹, antwortest du: ›Wir Männer lieben Nacktfotos von Frauen – was uns nicht daran hindert, unsere Mütter und Schwestern zu respektieren.‹«

»Wir würden im Namen all der armen Kerle sprechen, die fürchten müssen, wegen ihrer armseligen Sehnsüchte in die Pfanne gehauen zu werden.«

»Genau! Wir würden in alle Welt hinausschreien: ›Ihr seid Männer! Seid stolz darauf! Schämt euch nicht!‹«

Vor dem Honolulu hielt jetzt ein Auto und eine in eine Burka gekleidete Frau, die sich jugendlich bewegte und Tennisschuhe von Nike trug, ging in den Sandwich-Shop. Red sagte:

»Die da zum Beispiel – ich als Mann würde sie lieber nackt sehen.«

»Sei nicht so vulgär, Red. Ich würde ihr eher ein hübsches, modisches Tuch schenken.«

Der Tag neigte sich dem Ende zu. Die untergehende Sonne tauchte die Falaises de l'Ouest am Horizont in ein warmes rötliches Licht, das sie fast schön wirken ließ. Gleich würde der Samstagabend beginnen – mit seinen Prügeleien, seinen rastlos umherfahrenden Autos und seinen Betrunkenen. Und danach würde alles wieder wie immer sein. Wie jede Woche. Es sei denn, es gelänge endlich, irgendetwas zu verändern.

9

Ein gewöhnlicher Nazi

»*Shame on you! Shame on you!*«

Der englische Slogan klang wie ein Schlachtruf vor dem Palais National, skandiert von etwa einem Dutzend Frauen zu beiden Seiten des Eingangstors, die zudem ihre geballten Fäuste schwangen. Simon brauchte ein paar Sekunden, ehe ihm aufging, dass die wütenden Frauen ihn meinten. Er wollte wie jeden Morgen durch das ehrwürdige Tor in den gepflasterten Hof einfahren und lauschte am Steuer seines BMW dem Klavierkonzert von Grieg, als sich plötzlich hasserfüllte Gesichter über seine Windschutzscheibe beugten und eine Salve Faustschläge auf seine Motorhaube niederprasselte.

Der Albtraum ging also weiter, aber da musste er jetzt durch. Glücklicherweise behinderten die Furien zumindest nicht die Zufahrt zu den offiziellen Gebäuden. Obwohl sie von den Muskelmännern des Sicherheitsdienstes zurückgehalten wurden, bespuckten einige der Frauen den Wagen, ehe Simon durch den Torbogen fuhr und an seinem üblichen Platz parkte. Als er den Zündschlüssel abzog, hörte er das Echo immer noch hinter sich:

»*Shame on you!* Schande über dich! *Shame on you! Shame on you!*«

Bestürzt blieb der Vorsitzende der KoföF noch einen Moment sitzen, um sich zu sammeln. Durchhalten! Bloß nicht einschüchtern lassen! Als er schließlich ausstieg, hob er trotzdem instinktiv die linke Hand, um sein Gesicht zu verbergen, wie ein Verdächtiger, der aus einem Polizeiwagen aussteigt. Eilig hastete er in die Eingangshalle. Innerhalb weniger Tage hatte sich sein sozialer Status verändert, war sein geruhsamer Weg hin zu einer gewissen Form von Wohlstand jäh unterbrochen worden. Simon hatte sich in ein gejagtes Tier verwandelt.

In seinen Büroräumen fühlte er sich bei der Begrüßung durch seine Assistentin recht befangen. Ihm wäre lieber gewesen, sie hätte seine Demütigung nicht mit ansehen müssen, aber sie hatte den Vorfall vom Fenster aus beobachtet und sprach ihm ihr Mitgefühl aus. Er bedankte sich, obwohl er es als persönliche Katastrophe empfand, das Objekt ihres Mitleids zu sein. Ohne einen Blick auf seine alten Bücher zu werfen, schloss er sich in seinem Büro ein und widmete sich den Akten vor sich auf dem Schreibtisch. Den gestrigen Tag hatte er komplett mit der Lektüre der Schmuddeleien über sich vergeudet. Nichts hatte ihn davon abhalten können, mit geradezu masochistischem Eifer all die Widerlichkeiten zu durchstöbern, die ihm entgegengeschleudert worden waren: Protest, Beleidigungen und das Sammeln von Unterschriften für seinen Rücktritt. Heute allerdings wollte er sich ganz seiner Arbeit widmen. Nachdem er seine Post überflogen hatte, unterschrieb er ein paar Briefe in der Unterschriftenmappe. Aber schon fünf Minuten später zog ihn sein Bildschirm erneut unwiderstehlich in seinen Bann. In der Hoffnung, dass die Angriffe gegen ihn allmählich nachließen, tippte er seinen Namen in die Suchmaske.

Doch weit gefehlt! Die Liste der Beleidigungen begann mit einem Interview von Adama Lolo, der Sprecherin von »Wir Frauen!«, die sich sichtlich überrascht zeigte, dass »Monsieur Laroche«, wie sie ihn mit geheuchelter Ehrerbietung nannte, »eine Woche nach seinen sexistischen Äußerungen noch immer im Amt ist – ausgerechnet er, dessen Rolle es eigentlich wäre, den Kampf um die Gleichstellung zu unterstützen«. Noch schlimmer aber war, dass sie sich direkt an den Staatssekretär wandte und ihn zum Handeln aufforderte. Niedergeschlagen schloss Simon die Augen. Er wusste, dass Politiker im Allgemeinen großen Wert darauf legen, sich keinem Druck zu beugen, aber er kannte keinen Minister, der dieser Frau Widerstand hätte leisten können, die sich selbst zur »Repräsentantin verhöhnter Frauen« ernannt hatte.

Und die Feministinnen, die ihn am Tor zum Palais abgefangen hatten (und morgen vielleicht vor seiner Haustür auf ihn warten würden), handelten ganz im Sinne der Guerillamanier des Kollektivs der sogenannten »Reinemachefrauen«. Deren Glaubensbekenntnis beschränkte sich auf wenige Worte: »Wir akzeptieren nicht länger, dass es verhöhnte, geschlagene, vergewaltigte und ausgebeutete Frauen gibt.« Ihrer Ansicht nach wurde das Übel täglich schlimmer, aller Gesetze gegen sexuellen Missbrauch, aller Frauenhotlines, Einrichtungen zum Schutz vor Gewalt in der Ehe und der Gleichstellung von Mann und Frau in allen Bereichen zum Trotz. All das galt ihnen nichts, und daher gingen die »Reinemachefrauen« sofort zum Angriff über, sobald eine auf Abwege geratene männliche Stimme solch kriminelle Worte ausstieß wie zum Beispiel »die Beleidigungen des hohen Beamten Simon Laroche«. Die

Abfolge der Maßnahmen war klar festgelegt. »Jedes Mal wenn wir uns angegriffen fühlen, schlagen wir in kleinen Gruppen zurück. Wir stellen die Schuldigen, derer sich die Justiz nicht annimmt, in aller Öffentlichkeit bloß und attackieren sie mit dem Ruf ›*Shame on you!* Schande über dich!‹. Durch eure Schläge sind schon zu viele Frauen gestorben. Nun ist die Zeit zu kämpfen gekommen. Wir lassen euch nicht mehr los!«

Ein weiterer Mausklick führte Simon zu einem Foto, das heimlich aufgenommen worden sein musste. Er schnitt darauf eine hässliche Grimasse und sah aus wie Adolf Eichmann bei seinem Prozess, was auch dem Kommentator aufgefallen war, der ihn als »gewöhnlichen Nazi« bei der Vorbereitung der »Rückkehr der moralischen Ordnung« beschrieb. Das war nun wirklich zu viel. Simon wandte den Blick ab. Noch einen Monat zuvor hatte er in einer narzisstischen Anwandlung im Internet nach Lobesworten gesucht. Heute war er wirklich berühmt – aber als Sündenbock. Und die Angriffe ließen nicht nach. Ihm blieb nur ein Ausweg: Er musste sich entschuldigen. Simon öffnete seine Schublade und holte ein Blatt weißes Papier und einen Füllfederhalter hervor, einen alten Dupont, den er dem Verfassen persönlicher Briefe vorbehielt. Mit zierlicher Handschrift begann er zu schreiben: »Aus dem Zusammenhang gerissene Äußerungen, die vor einem Interview zufällig aufgezeichnet wurden, legen den Verdacht nahe, dass ich den Belangen von Frauen und von Homosexuellen nur Verachtung entgegenbringe …«

Er hielt inne. Die vorgezogene Rechtfertigung (»aus dem Zusammenhang gerissene Äußerungen«) würde ihm mit Sicherheit als Leugnung ausgelegt werden, er musste also direkter ans Werk gehen. Und so beugte er sich über sein Blatt, strich die ersten Zeilen durch und begann von Neuem. »Ich möchte mich von ganzem Herzen bei allen Frauen und allen Homosexuellen entschuldigen, die sich durch die untragbaren Äußerungen verletzt fühlen. Die Bemerkungen fielen in einer scherzhaften Stimmung, die ich inzwischen infrage stellen muss …«

Das war schon viel besser! Er musste sich demütig zeigen, er musste Selbstkritik üben wie im kommunistischen China, auch wenn sich all dies in einer liberalen Welt abspielte. Einigermaßen zufrieden legte Simon den Füller beiseite, doch dann kam ihm der Gedanke, dass auch das noch nicht genügte. Es würde ein Fass ohne Boden werden. Wenn er sich erst einmal entschuldigt hatte, würde man erneut seinen Rücktritt fordern. Und dann würde vielleicht einer seiner treuen Mitarbeiter auf seiner Festplatte die Spuren der erotischen Konsultationen entdecken, die er vom Büro aus geführt hatte. Das wiederum würde den Staat auf den Plan rufen, und man würde eine Entschädigung inklusive Zinsen von ihm fordern!

Nein, da war es doch besser, stolz oder gar arrogant zu bleiben. Auf einem neuen weißen Blatt begann er, innerlich jubelnd zu schreiben: »Ich, Simon Laroche, Vorsitzender der KoföF, habe im Internet pornografische Seiten besucht, auf denen sich junge Frauen zur Schau stellen. Mag sein, dass einige davon noch minderjährig waren, aber darüber weiß ich nichts, und das ist auch gut so. Ab und an scherze ich gern, und dabei fallen manchmal auch Äußerungen rassistischer oder sexistischer Art, die unseren Zeitgeist karikieren. Ich lege Wert darauf, zu betonen, dass ich mich dessen nicht schäme.«

Als er den letzten Satz vollendet hatte, brach er ab. Nie würde er den Mut aufbringen, dies in der Öffentlichkeit vorzutragen, doch er konnte das Gefühl, Opfer seiner eigenen Taten zu sein, nicht länger ertragen. Während er noch über eine Lösung nachdachte, vibrierte plötzlich das Telefon in seiner rechten Jackentasche. Eine neue Nachricht. Er griff in die Tasche, zog das Smartphone heraus und wischte über den Bildschirm. Wieder waren alte E-Mails aufgetaucht, dabei hatte das Phänomen doch vor einigen Tagen aufgehört. Überrascht stellte Simon fest, dass die vor langer Zeit gelöschten Mails dieses Mal offenbar geeignet waren, ihn zu ermutigen.

Am Anfang der Liste stand ein Gedankenaustausch über eine weit zurückliegende Angelegenheit, um die sich die KoföF gekümmert hatte. Simon hatte sich damals bei Streitigkeiten einer Frau mit ihrem Chef ausgesprochen aufmerksam in Bezug auf die Gleichstellung der Geschlechter gezeigt. In seinem inneren Aufruhr hatte Simon nicht einmal daran gedacht, diese ehemaligen Tugendbeweise öffentlich zu machen. Aber die geheimnisvolle Kraft, die Mails wieder auferstehen ließ, spielte ihm dieses Mal in die Hände. In einer Anwandlung von Euphorie rief er Ingrid auf ihrer Privatnummer an. Die Beraterin des Staatssekretärs hob ab:

»Hallo, Simon!«

»Ich muss unbedingt mir dir reden. Oder störe ich gerade?«

»Nein, nein, ist schon okay. Ich bin übrigens ziemlich beunruhigt. Es sind schon wieder drei offizielle Forderungen eingegangen, dass du zurücktreten sollst. Ich fürchte, irgendwann lässt der Staatssekretär dich fallen.«

Simon schwieg. Die Schlinge zog sich zu.

»Pass auf«, sagte er schließlich. »Ich habe gerade etwas herausgefunden: Es gibt Arbeitsdokumente, die beweisen, dass ich die Belange von Frauen immer unterstützt habe. Könntest du deine Beziehungen spielen lassen und sie der Presse zuspielen?«

»Würde ich ja gern«, meinte Ingrid. »Aber die Presse tut längst nicht immer das, was wir gern hätten. Im Augenblick hat sie dich im Visier und sucht nur nach Dingen, mit denen sie dich noch tiefer hineinreiten kann.«

So schnell ließ Simon sich jedoch nicht entmutigen.

»Ich schicke sie dir trotzdem. Du kannst sie dem Staatssekretär ja wenigstens einmal zeigen.«

Er legte auf, erhob sich von seinem Schreibtischstuhl und betrachtete sich im Spiegel. Für einen Mann um die fünfzig sah er nicht schlecht aus. Sein offener Blick machte ihn sympathisch, vorausgesetzt, man betrachtete die richtigen Fotos. Denn aus unerfindlichen Gründen konnte das gleiche Gesicht im Handumdrehen wie das eines Perversen, eines Lügners, eines Mistkerls und wie das Antlitz der personifizierten Niedertracht wirken. Es war an der Zeit, die erste Version durchzusetzen.

Als er eine halbe Stunde später mit dem Wagen durch die Toreinfahrt fuhr, winkte er dem Ablösetrüppchen der »Reinemachefrauen« zu, das die Damen vom Morgen ersetzt hatte und im Chor »Shame on you!« skandierte. Sie malträtierten die Karosserie mit Faustschlägen, er jedoch begnügte sich mit einem Lächeln und schaltete das Klavierkonzert von Grieg an der Stelle ein, an der er es unterbrochen hatte.

10

Der See

Eine Woche verging. Der Staatssekretär blieb nach wie vor unerreichbar. Zwar vermied er es, Simon öffentlich zu unterstützen, aber er antwortete auch denjenigen nicht, die dessen Kopf forderten. Die »Reinemachefrauen« belagerten noch immer den Palais National. Jede Fahrt in die Stadt wurde zu einer Belastungsprobe für Simon, und so beschloss er, für ein paar Tage in die Berge zu fahren, wo er ein kleines Haus besaß.

Da alle Tickets für den seit Winteranfang eingesetzten, reservierungspflichtigen Hochgeschwindigkeitszug vergeben waren, buchte Simon ein Ticket bei einem Billigflieger, druckte seine Bordkarte aus und fuhr in aller Herrgottsfrühe die fünfzig Kilometer zum nächsten Flughafen der Airline. Zu seiner größten Überraschung musste er im Stehen fliegen, eine Neuerung, die *FreeFly.com* für Flüge von weniger als einer Stunde Dauer eingeführt hatte. Lediglich Passagieren, die bei der Buchung nachgefragt und entsprechend mehr bezahlt hatten, wurde ein Sitzplatz zugestanden. Simon, der mithilfe eines Gurtes in der Vertikale gehalten wurde, wagte nicht zu protestieren und sagte auch nichts, als die Flugbegleiterin fünf Euro für die Benutzung der Toilette verlangte.

Nach der Landung ging er zum Taxistand, um sich zu seinem einsamen Refugium in einem Tal in fünfundzwanzig Kilometern Entfernung bringen zu lassen. Der Anblick der Hügel, auf denen sich das Frühlingsgrün der ersten Blätter mit dem dunklen Grün der Tannen mischte, hatte sofort eine beruhigende Wirkung auf ihn. Das Taxi fuhr durch verlassene Ortschaften, und lediglich ein paar Kuhherden dösten auf den Weiden. Schließlich stieg die Straße steil zu einem Pass an, der auf der anderen Seite in das Tal mündete. Am Ufer des glitzernden Sees reihte sich Haus an Haus, das Zwiebeldach des alten Kirchturms wirkte wie eine Christbaumkugel. Endlich erreichten sie Simons Haus, ein Chalet aus den 1930er-Jahren, einer Zeit, in der man hier wegen der reinen Luft die Sommerfrische zu verbringen pflegte.

Als er schließlich allein mit seinem Koffer vor dem Holzzaun stand, erfreute er sich an der blühenden Wiese, die bis zum Wasser hinunterreichte. Ein Bächlein schlängelte sich durch das Gras, und die Luft duftete köstlich nach Tannenharz. Ergriffen von dieser sinnlichen Harmonie stellte er sich die Fragen, die angesichts so viel herrlicher Natur fast jeden Städter überkommen: Warum legte er sich eigentlich Tag für Tag so sehr ins Zeug? Wozu die Mühe, sich in der Öffentlichkeit Sporen zu verdienen, wenn er doch mit Frau und Sohn friedlich hier leben könnte? Die Antwort auf diese Fragen gliederte sich in zwei Punkte:

1. Weder seine Frau noch sein Sohn waren bereit, hier zu leben.

2. Das Haus war noch nicht abbezahlt, ebenso wenig wie seine Wohnung. Es gab noch eine Menge Belastungen, die ihm auf Jahre hinaus die Zwangsjacke auferlegten.

Das Glück, das vermeintlich so einfach sein könnte, war nichts als eine ferne und unrealistische Perspektive – ähnlich der perfekten Welt in der Serie *Unsere kleine Farm*, die Simon manchmal staunend verfolgte, weil sie all seine geheimen Träume als Intellektueller bediente.

Vielleicht würden ihn die Berge irgendwann langweilen, vielleicht auch nicht. Er wusste es nicht. Noch nie hatte er genügend Zeit gehabt, jenen Punkt zu erreichen, an dem er der Einsamkeit entfliehen und in die Stadt zurückkehren wollte. Dafür überkam ihn ein angenehmes Schaudern, als er den Schlüssel drehte und den köstlichen Duft der im vergangenen Herbst geernteten Äpfel wahrnahm. Als er die Fenster und die Läden zum See hin öffnete, reichte das sanfte Abendlicht bis zu den Bildern an den Wänden und den mit Büchern gefüllten Regalen. Die Schätze ähnelten denen in seinem Büro, schienen aber hier wie dafür gemacht, sich in einem tiefen Sessel und in der Wärme des Kachelofens langsam daran zu ergötzen. Genau davon träumte er jetzt. Er empfand es als Privileg, sich hier im Schatten aufhalten zu dürfen, nachdem er wegen einer nicht begangenen Schandtat im Rampenlicht gestanden hatte. Er dachte an Candide, wie er seinen Garten bestellte.

Doch bevor er diesen bescheidenen Traum würde leben dürfen, musste er erst einmal das Pensionsalter erreichen. Simon war von Haus aus nicht besonders wohlhabend, ließ sich aber vom Staat gut dafür bezahlen, unmögliche Aufträge zu erledigen. Er lebte in einer Art überwachter Freiheit und glaubte in Wirklichkeit nicht im Geringsten an die Bedeutsamkeit seiner Kommission, die er jedoch vor Geldgebern und Behörden mit Klauen und Zähnen verteidigte. Jetzt jedoch musste er als ganz normaler Angestellter und ruchloser Schwindler Rechenschaft ablegen.

In Gedanken versunken machte er sich auf den Weg ins Dorf, wie er es immer gern gleich nach seiner Ankunft tat. Er würde die Bäuerin begrüßen, die ihm Milch und Eier verkaufte, und anschließend würde er in dem kleinen Gasthaus ein Glas Weißwein trinken und sich über den neuesten Klatsch in der Gegend informieren. Das Sträßchen schlängelte sich bergauf und bergab, von einem Bauernhof zum nächsten. Wie durch ein Wunder war es den Absichten der Straßenplaner entkommen, abgelegene Dörfer leichter zugänglich zu machen, Kurven zu begradigen und die Straße für die vielen SUVs, Lkws und Touristenbusse zu verbreitern. Bis heute war die Straße ein geradezu poetisch anmutender Weg geblieben, an dem jedes Haus wie eine alte Persönlichkeit aus Stein und Holz wirkte. Vor dem rosa Haus (der Hof wurde wegen seiner gestrichenen Tür- und Fensterumrahmung aus Sandstein so genannt) scharrten einige Hühner in Löchern im Asphalt, aus denen Blumen sprießten, frei von jeglicher Gefahr, denn Autos waren hier gezwungen, langsam zu fahren. Simon fühlte sich wohl – weit weg von jener anderen Welt der »Reinemachefrauen« und E-Mails.

Im Garten entdeckte er die alte Bäuerin, eine der letzten in dieser Gegend. Sie fütterte gerade neben dem Teich ihre Enten, und er winkte ihr zu und machte sich bereit, ein paar Worte mit ihr zu wechseln, auf die sie in ihrem kaum verständlichen Kauderwelsch antworten würde, was jedoch für kleinere Unterhaltungen ausreichte. Als er jedoch »Guten Tag, Maria« rief, kam die Alte mit ihrem Körnersack an den Zaun und starrte ihn böse an.

»Was hast du gegen Frauen?«, fragte sie.

Erschrocken blickte er sie an. Hatte er richtig verstanden? Aber Marias Blick blieb wütend und sie fuhr fort:

»Du kritisierst die Frauen. Der Kleine hat es mir im Internet gezeigt!«

Einen Moment lang war Simon versucht, sich zu verteidigen. Dass aber die ganze Sache ausgerechnet hier, an einem Gartentor, erneut vor ihm ausgebreitet wurde, machte ihn sprachlos. Er stammelte vor sich hin, während Maria wiederholte:

»Man darf Frauen nicht so beschimpfen!«

Wie ein Schlafwandler drehte Simon sich um und ging den gleichen Weg zurück. Er verzichtete auf den Besuch im Dorf, wo er sich wie überall sonst hätte entschuldigen, rechtfertigen und demütigen lassen müssen.

III

An der
Bar im Fegefeuer

Nachdem der Arzt mir bestätigt hatte, dass ich tatsächlich tot und damit bereit für das ewige Leben war, wies er mir den Weg zum Transitbereich. Ich tippte den vierstelligen Zugangscode ein, den er mir gegeben hatte, woraufhin die Tür sich öffnete und den Blick auf eine lebhafte Einkaufsgalerie freigab. Das hier war weit weniger deprimierend als die Wartesäle mit ihren Informationsschaltern! Unter künstlichem Licht reihten sich, wie in einem Flughafen, zahlreiche Boutiquen aneinander, darunter Duty-free-Shops, Cafés, Bars und Zeitschriftenhändler, aber auch Sammelpunkte, Toiletten und private Salons.

Durch die Gänge schob sich eine fröhliche Menschenmenge, wie Touristen auf dem Weg in die Tropen – nur dass diese hier keine Koffer bei sich hatten und auf dem Weg in den siebten Himmel waren. Die Glücklichen unter ihnen würden in wenigen Stunden einen Bungalow, All-you-can-eat-Büffets und Nachtclubs vor sich sehen, wo sie sich bis zum Ende aller Zeiten vergnügen konnten. Entlang der Gänge begrüßten die Privatsalons die Auserwählten mit glänzenden Werbebannern mit dem Aufdruck »Destination: Paradise«. Einige der Gäste lebten ihre letzten Illusionen aus und kauften ganze Stangen Zigaretten, das Einzige, das sie noch mit ihren irdischen Angewohnheiten verband. Beim Einchecken jedoch baten die Hostessen sie sehr freundlich, ihre Einkäufe zurückzulassen. Sie versicherten ihnen, nichts zu benötigen, im Übrigen sei das Rauchen verboten. Ein paar ganz Hartnäckige protestierten und baten um Erlaubnis, ein paar Geschenke für ihre Angehörigen mitnehmen zu dürfen – für die Eltern und Großeltern und für all die verstorbenen Freunde, die sie in ein paar Stunden beim Ewigen Gastmahl wiedersehen würden. Aber kein einziges Argument fand Gehör.

Nachdem ich lange ziellos umhergewandert war, entdeckte ich einen Seitenflügel, der deutlich weniger bequem eingerichtet war. Noch nicht einmal fertig gestrichen war er. Der Eincheckbereich bestand aus mobilen Schaltern, und gegenüber einigen Getränkeautomaten waren ein paar altersschwache Bänke aufgestellt. Die hier wartenden Passagiere erschienen mir ärmer, unruhiger und weniger reiseerfahren. Einige von ihnen waren bereit, meine Fragen zu beantworten. Demzufolge waren sie nach der Überprüfung ihrer Akte in diesen Bereich geschickt und knapp über ihren Bestimmungsort in Kenntnis gesetzt worden: Sie würden in den Bereich der provisorischen Unterkünfte reisen, wo sie darauf warten sollten, dass im Paradies Plätze frei wurden. Schilder über den einzelnen Schaltern informierten die Reisenden über die jeweilige Kategorie. Die Auserwählten mit der Kennzeichnung *Gold* hatten einige Chancen, relativ schnell ins Paradies zu gelangen, während die in der Kategorie *Premium* gelandeten Gäste sich wahrscheinlich noch ein paar Tausend Jahre gedulden mussten. Dafür durften sie aber, als Zugeständnis eines letzten Gefallens, ihre Einkäufe behalten, die den jeweiligen Aufenthalt angenehmer gestalten sollten, bei dem jeder würde lernen müssen, sich durchzubeißen.

Ich selbst gehörte zu diesem Zeitpunkt keiner der beiden Gruppen an. Weil ich nichts Besseres zu tun hatte, schlenderte ich von Galerie zu Galerie, wobei mir vor allem die luxuriösen zusagten, in denen Auserwählte der Kategorie *Infinite* warteten. Der minimale Unterschied machte mir nichts aus, ich hatte es schon immer geliebt, Leute zu beobachten, und mich in manchen Situationen fremd gefühlt, obwohl ich am Geschehen teilzunehmen schien. Ich hatte die Erde überquert und sie interessant gefunden, mich aber nie wirklich dort eingelebt. Und auch jetzt lief ich ziellos durch diese Art Flughafen, inmitten von Menschen, die wussten, wohin sie gehen würden, oder sich zumindest davon zu überzeugen versuchten.

Nach einiger Zeit suchte ich ein Café mit dem Namen *Zum großen Aufbruch* auf, dessen Schild über dem ziemlich kitschigen Ambiente einer nachgeahmten Gründerjahre-Brasserie erstrahlte. Ich trat an den Tresen und bestellte einen doppelten Scotch mit viel Eis. Der Barkeeper grinste, als hätte ich einen guten Witz gemacht und erklärte angesichts meines erstaunten Blicks:

»Hier wird kein Alkohol ausgeschenkt!«

Nicht trinken! Nicht rauchen! Diese Verhaltensregeln warfen meine naive Vorstellung vom Paradies völlig über den Haufen. Ich, der ich noch an den Palast der Köstlichkeiten glaubte, in dem jeder uneingeschränkt tun und lassen konnte, was er wollte! Ich, der ich mir vorgestellt hatte, dass die alte Lebensweisheit »Deine Freiheit endet dort, wo die Freiheit deines Nächsten beginnt« im Königreich Gottes nicht mehr galt! Ich, der ich der Ansicht war, dass sich hier jeder uneingeschränkt nach Lust und Laune vergnügen durfte – ich fiel aus allen Wolken.

Diese Verhaltensregeln hatten auch den Himmel erobert, als gelte es, die Gesundheit der Verstorbenen zu schützen und ihnen eine zweite Krebserkrankung zu ersparen, nachdem die erste sie bereits dahingerafft hatte. Es war wirklich absurd. Unglücklicherweise hatte ich nach meiner Ankunft schon die Erfahrung gemacht, dass es sinnlos war, mit dem sturen Personal zu diskutieren. Also gab ich mich mit einer Cola zufrieden – einem Getränk, das ich zwar verabscheue, das aber das einzig verfügbare zu sein schien – und wählte dazu ein vertrocknetes Sandwich in Plastikfolie. Ich setzte mich auf einen freien Platz, um auszuruhen. Das *Zum großen Aufbruch* mit seinen in Richtung Galerie platzierten Tischen erwies sich als wunderbarer Beobachtungsposten. Vor meinen Augen trafen wie in Wellen ständig neue Reisenden ein. Diejenigen mit gleicher Muttersprache fanden spontan zueinander. Alle bemühten sich um Informationen vor dem großen Sprung. Plötzlich breitete sich Unruhe aus. Ich sah mehrere Wachleute in Uniform, welche die Leute auseinanderschoben, als müssten sie den Weg für einen hohen Würdenträger freimachen. Kurz darauf wandten sich alle Blicke drei Individuen zu, die sich in Begleitung eines Fernsehteams in trauter Unterhaltung einen Weg durch die Menge bahnten. Eine blonde Hostess zur Linken und ein beflissener Funktionär zur Rechten flankierten den Mann, auf den die Objektive der Kameras gerichtet waren. Aus der Menge wurden Rufe laut. Ich glaubte hinter der großen schwarzen Sonnenbrille die Züge von Bernard Pinot zu erkennen, der nach einem Autounfall mehrere Monate zwischen Leben und Tod geschwebt hatte. Auch dieser Vorstandsvorsitzende eines riesigen multinationalen Konzerns war also inzwischen hier eingetroffen, schien aber von einem VIP-Bonus zu profitieren, der mir verwehrt war. Misslaunig trank ich einen großen Schluck Cola, als neben mir eine Stimme ertönte:

»Tja, Kumpel, hier oben ist es genau wie da unten – man muss ein Promi sein und ordentlich Kohle in der Tasche haben.«

Ich wandte den Kopf und entdeckte ein paar Tische weiter einen zerzausten Penner in einem Regenmantel. Der Mann schien erstaunlich gut informiert zu sein.

»Wundern Sie sich nicht, ich weiß, wer Sie sind. Hier macht alles schnell die Runde. Vor allen Dingen bei uns, die wir noch auf unsere Entscheidung warten.«

Ein letzter Rest irdischer Höflichkeit veranlasste mich zu der Frage:

»Mit wem habe ich die Ehre, mein Herr?«

»Gestatten, mein Name ist Helmut Meyer. Ich warte seit zwei Jahren, dass über meinen Fall entschieden wird.«

Mit vertraulich gedämpfter Stimme fügte er hinzu:

»Der heilige Petrus ist besessen von Texten, Gesetzen und der Juristerei. So sehr, dass die Anwälte noch nicht zu einer Einigung gelangt sind.«

Dann fuhr er lauter fort:

»Also warte ich, genau wie Sie.«

Ich hätte ihn nach weiteren Details zu seinem speziellen Fall fragen sollen. Da mein Gespür für Prioritäten aber seit meiner Ankunft zu verkümmern schien, kam ich auf das erste Thema zurück.

»Sagen Sie, dieser Typ da vor der Kamera, war das nicht Bernard Pinot?«

Helmut stellte eine blasierte Miene zur Schau.

»Das ist mir ziemlich egal. Sicher ist nur, dass er schnurstracks auf die VIP-Lounge zugesteuert ist.«

»Hier geht es wirklich zu wie auf den meisten Flughäfen.«

»Da sagen Sie was! In den privaten Salons ist das Personal handverlesen. Man kann sich entspannen, Sport treiben oder ein Bad nehmen. Und es gibt sogar Whisky.«

»Diese Mistkerle!«

Der Fluch war mir einfach so herausgerutscht. Helmut musste lächeln. Sein Blick eines etwas heruntergekommenen weisen Mannes erschien mir vertrauenerweckend, daher fragte ich weiter:

»Dann gibt es also hier oben auch Privilegien, genau wie unten?«

»Was hatten Sie denn erwartet, Sie Träumer? Dass alle in einen großen Kessel voller Glück zusammengeworfen werden? Nein, der Himmel ist ein Unternehmen wie jedes andere auch. Und angesichts des Platzmangels legt die Verwaltung Wert auf einen gewissen Wettbewerb. Jeder Tote sollte danach streben, sich zu verbessern und die Sprossen der Leiter eine nach der anderen zu erklimmen. Jeder muss Prüfungen bestehen, um weiterzukommen. Zumindest lautet so die offizielle Darstellung.«

In gewisser Weise entsprach der Gedanke, sich das alles erst verdienen zu müssen, der Vorstellung, die ich mir immer vom Paradies gemacht hatte. Im Fall Bernard Pinot allerdings fragte ich mich nach seiner wahren Bedeutung. Hatte dieser Mann sich nicht schamlos bereichert, auf Kosten Zehntausender Arbeiter? Hatte er sich nicht eines Finanzsystems bedient, das den Bürgern ihre Rechte sowie ihr Hab und Gut nahm und sie von einer Handvoll

Aktionäre abhängig machte? Ich erging mich in einer urmarxistischen Erwiderung, als ich bemerkte, wie Helmut unter seinem Regenmantel mit den Schultern zuckte. Er kannte diese Art von Entrüstung und amüsierte sich über die Naivität des Neulings, der noch viel zu lernen hatte. Statt einer Antwort erklärte er lediglich:

»Auch auf das Risiko, Sie zu überraschen: Dieser Mann hat nur getan, was man von ihm erwartete.«

»Klar. Im irdischen Sinn.«

»Ja, aber auch im himmlischen Sinn.«

Was nun folgte, verblüffte mich:

»Es ist in der Tat so, dass die himmlische Doktrin keineswegs fix ist. Früher bestand ein gewisser Hang zur Gleichmacherei, aber seit der Ankunft von Friedrich von Hayek, Milton Friedman und Ronald Reagan und anderen Vertretern der Liberalisierung, die hier für ihre Anschauungen geworben haben, hat sich alles verändert.«

»Das heißt also, dass heute …«

»Heutzutage ist der Himmel dank dieses Einflusses eindeutig neoliberal.«

Mit anderen Worten: ohne das geringste Fünkchen Hoffnung für jemanden wie mich. Das Paradies war auch nicht besser als die Erde. Die einzige bessere Welt hatte es nur in meinen Illusionen gegeben, und Helmuts Analyse war eindeutig:

»Haben Sie sich nicht schon immer gefragt, warum es mit der Erde bergab geht? Haben Sie im ungezügelten Kapitalismus eine absurde Verschwendung gesehen, die dem Wohl der Menschheit entgegenstand? Haben Sie sich geweigert, an Verschwörungstheorien zu glauben? Nun, Sie hatten zwar recht, lagen aber trotzdem falsch. Natürlich gibt es keine irdische Verschwörung. Aber die himmlischen Mächte inspirieren die Handlungen der Menschen, indem sie sich Leuten wie Bernard Pinot bedienen.«

Wir schwiegen. Es stimmte: Dieses Flughafenambiente mit all seinen Geschäften, seinen Sicherheitsmaßnahmen und seinen VIP-Lounges, das die Welt überzogen hatte – diese Art von Idealzustand herrschte nun auch hier. Die Erde war ein Abklatsch des Himmels und der Himmel ein Abklatsch der Erde. Alles passte bis ins kleinste Detail.

»Und was, glauben Sie, bedeuten diese provisorischen Unterkünfte?«

Das wusste ich, weil mein Anwalt mir diese Frage beantwortet hatte:

»Nun, sie sind so etwas wie Flüchtlingslager, in denen man bleibt, bis wieder ein Platz im Paradies frei wird.«

Helmut senkte den Blick und stieß einen tiefen Seufzer aus. Schließlich blickte er mich stumm und traurig an, während vor meinem inneren Auge grässliche Bilder erschienen. Ich dachte an Theresienstadt, das Sammellager Drancy, sogar an die Todeszüge und rief entrüstet:

»Sie wollen doch nicht etwa sagen, dass …«

»Ich will gar nichts sagen. Vergessen Sie diese Hirngespinste. Denken Sie einfach pragmatisch, dann werden Sie verstehen, dass diese Lager nichts anderes sind als eine Art ›Outsourcing‹ aus dem Paradies. Einfach ausgedrückt: Seit das Fünf-Sterne-Paradies ausgebucht ist, hat man Quartiere mit vier, drei, zwei Sternen und sogar mit nur einem Stern geschaffen und diese mit der Bezeichnung ›provisorische Unterkunftsbereiche‹ versehen, um dem Kunden den Eindruck zu vermitteln, es handele sich um einen vorübergehenden Aufenthalt.«

»Und stattdessen werden dort für alle Ewigkeit Leute untergebracht, die schon auf der Erde unter problematischen Bedingungen lebten!«

»Genau so ist es. ›Selig sind die Armen, denn sie werden im Himmelreich ihre Gewohnheiten wiederfinden – schlechtes Essen, lange Warteschlangen …‹ So arbeitet man roten Zahlen entgegen. Noch sind die Konten zwar nicht ausgeglichen, aber es entstehen zumindest keine neuen Schulden.«

Erst jetzt kam mir in den Sinn, ihn nach seiner eigenen Situation zu fragen:

»Und Sie, Monsieur, was machen Sie hier? Wieso ist die Entscheidung in Ihrem Fall so schwierig?«

»Weil ich als militanter Kommunist schlimme Verbrechen begangen habe. Allerdings war ich der festen Überzeugung, mein Handeln diene dem Wohl der Menschheit. Der heilige Petrus hasst solche Fälle.«

Gerne hätte ich die Unterhaltung fortgesetzt, aber Helmut Meyer musste zu einer Versammlung ehemaliger Parteimitglieder, auf der sie Selbstkritik übten. Seiner Empfehlung gemäß machte ich mich auf den Weg zum Videobereich, der seiner Ansicht nach interessante Informationen für mich bereithielt.

Am Ende von Gang D betrat ich den etwa fünfzig Quadratmeter großen, durch transparente Wände abgegrenzten Bereich. An mehreren Computerterminals saßen Leute mit Kopfhörern und tippten auf Tastaturen herum. Ich suchte mir einen freien Platz und setzte die Kopfhörer auf, während ich überlegte, ob der Zugang zum Netz wohl kostenpflichtig war. Dabei fiel mir auf, dass ich seit meiner Ankunft noch nicht ein einziges Mal etwas hatte bezahlen müssen. Die himmlische Wirtschaft schien, ihrer Ähnlichkeit mit dem Kapitalismus auf der Erde zum Trotz, anderen Regeln zu folgen. Nachdem ich den Bildschirm angeschaltet hatte, wurde ich tatsächlich nur zur Eingabe meiner Identifikationsnummer aufgefordert – jener Kennziffer, die mir bei meiner Ankunft in der Vorhölle zugeteilt worden war.

Kaum hatte ich die letzte Zahl eingegeben, wurde der Bildschirm fast kitschig rosa. Ein mit meinem Namen beginnender, persönlicher Willkommensgruß flimmerte darüber, ähnlich der Texte, mit denen man in Hotelzimmern empfangen wird. Plötzlich jedoch schnürte sich mir die Kehle zu: Man teilte mir mit, dass ich mich, als besondere Gunst, noch vor meiner endgültigen Zulassung zum Paradies für ein paar Minuten mit meiner »Mama« unterhalten dürfe. Sie erwarte mich im Zauberland, wo ich sie bald treffen und meine »Wiedergeburt« erleben würde.

Ich fand den Ausdruck schrecklich. Seitdem der Psychologe mir nach meiner Ankunft ein Wiedersehen mit meiner Mutter versprochen hatte, war mir die Aussicht darauf wie ein Rückfall in meine Kindheit erschienen. Aber meine Neugier war stärker als all meine Bedenken. Ich musste nichts weiter tun, als die Eingabetaste zu drücken, um die Frau wiederzusehen, die zehn Jahre zuvor nach langem Leiden gestorben war. Worte, die wir uns nie gesagt und die mich nach ihrem Tod gequält hatten, waren nur noch einen Mausklick entfernt. Fast widerwillig betätigte ich die Taste.

Sofort veränderte sich der Bildschirm. Ich sah einen Swimmingpool. An dessen Rand standen Klappstühle und niedrige Tische, im Hintergrund erkannte ich ein großes modernes Hotel. Mein Blick jedoch fiel zuerst auf meine Mutter im Badeanzug. Sie trug eine Sonnenbrille, hielt einen Fruchtsaftcocktail in der Hand und sah aus wie damals mit sechzig, einige Jahre vor ihrem Verfall. Trotz ihrer etwas vulgären, übermäßigen Bräune wirkte sie sehr lebendig, was mich ziemlich durcheinanderbrachte. Sie hingegen schien keineswegs überrascht (wahrscheinlich war sie nach dem langen Kontakt mit Alpha und Omega längst an derlei gewöhnt) und sprach mich an:

»Guten Tag, mein Liebling. Ich freue mich sehr, dich wiederzusehen.«

Ein wenig unschlüssig bemerkte ich den Stolz einer Mutter auf ihren Sohn, samt der Bereitschaft, ihn schön und intelligent zu finden – so wie es früher schon gewesen war. Allerdings schien ihr Vertrauen durch gewisse Informationen, die man ihr vermutlich gegeben hatte, leicht beeinträchtigt zu sein.

»Ich hoffe, du hast nicht zu viel Unsinn gemacht (bei dem Wort Unsinn räusperte sie sich) und wirst bald ebenfalls hier bei uns sein.«

Meine Antwort kam wie aus der Pistole geschossen:

»Ich finde es schier unglaublich, so mit dir sprechen zu können.«

Mein Gefühlsausbruch ließ sie kalt. Stattdessen erging sie sich in einer ihrer üblichen Schmähreden über Männer:

»Stell dir vor, deinen Vater haben sie wer weiß wie lange warten lassen, wegen irgendwelcher Schweinereien, von denen ich nichts wusste. Inzwischen haben sie ihn in eine provisorische Unterkunft geschickt.«

»Ich hoffe, dass man ihn wenigstens gut behandelt.«

Sie zuckte mit den Schultern, um ihre Gleichgültigkeit zu demonstrieren, während ich weiterfragte:

»Und du? Bist du da oben glücklich? Ist alles gut?«

Meine Mutter dämpfte ihre Stimme und antwortete mit der ihr eigenen Offenheit (und daran erkannte ich sie spätestens jetzt wirklich):

»Ehrlich gesagt ist es hier ziemlich langweilig.«

Allein der Anblick des Schwimmbeckens und des Fruchtcocktails ließ mich das sehr gut nachempfinden. Augenzwinkernd fügte sie sofort hinzu:

»Allerdings muss ich zugeben, dass mir das Leben wieder Spaß macht, seit ich Mister Ling Hoo kennengelernt habe.«

Sprach sie etwa von dem dicken Chinesen in Badehose, der sich hinter ihr in einem Liegestuhl lümmelte? Doch mir blieb keine Zeit, mehr darüber zu erfahren, denn das Bild verschwamm. Ich konnte gerade noch die Gestalt meiner Mutter erkennen, die mir zuwinkte:

»Bis bald, mein Liebling ... so Gott will.«

Danach war der Bildschirm leer. Die Verbindung war abgebrochen. Ich hatte einen Blick auf die Glückseligkeit erhascht, jetzt blieb mir nur noch, mir meinen Platz zu verdienen, und wenn ich es richtig verstanden hatte, konnte das sehr, sehr lange dauern.

Ich kehrte in den Gang mit den Läden zurück, wo ebenfalls eines der Plakate hing, das die Kunden aufforderte, sich ihr Ticket fürs Paradies zu holen. Ich betrachtete es genauer. Die abgebildeten Hotels glichen aufs Haar dem Gebäude, das ich gerade gesehen hatte. Wie viele davon mochte es dort oben geben? Und was bedeutete »Glückseligkeit«, wenn meine eigene Mutter zugab, dass sie sich langweilte? Die Idee, ein Ticket einheimsen zu müssen, hatte fatale Ähnlichkeit mit einem Glücksspiel. Vielleicht hatten die himmlischen Behörden beschlossen, lieber das Los entscheiden zu lassen, als sich mit juristischen Spitzfindigkeiten abzugeben. Ich wollte mich gerade von meinen letzten Illusionen verabschieden, als aus dem Nichts ein Amtsdiener mit Plastikausweis auftauchte, auf mich zurannte und mir atemlos mitteilte:

»Er will Sie sehen.«

Verdutzt starrte ich in sein graues Beamtengesicht. Ungeduldig und fast ein wenig ängstlich wiederholte er:

»Kommen Sie schnell. *Er* will Sie sehen!«

Der mysteriöse »Er« schien eine höhere Macht zu sein, der man keinen Widerstand leisten und die man keinesfalls warten lassen durfte. Fast hatte ich den Eindruck, dass der von dieser geheimnisvollen Entität geäußerte Wunsch, mich sehen zu wollen, mich plötzlich über die Allgemeinheit erhob, und zwar so weit, dass ich mich für den Bruchteil einer Sekunde fragte, ob es sich vielleicht um Gott höchstpersönlich handelte. Meine Depression verwandelte sich umgehend in Größenwahn. Ich verspürte einen unbändigen Stolz darüber, dass meine Akte das Einschreiten des Schöpfers erforderte. Waren ihm meine Verdienste endlich ins Auge gesprungen? Hielt er es für nötig, sich bei mir zu entschuldigen, ehe er mir den VIP-Pass überreichte?

Ich folgte dem Amtsdiener, der mir mit nervösen Schritten durch ein Labyrinth aus Fluren, Aufzügen und privaten Durchgängen vorauseilte, die ihn wiederholt zum Gebrauch seiner Magnetkarte nötigten. Nach einiger Zeit scherzte ich:

»Der Weg zu Gott ist aber sehr lang!«

Der Amtsdiener blieb abrupt stehen und drehte sich mit skeptischem Gesichtsausdruck zu mir um:

»Wie kommen Sie auf Gott?«

Ich antwortete mit der Selbstsicherheit eines Menschen, der endlich als das anerkannt wird, was er wirklich ist:

»Wieso nicht? Wir sind doch auf dem Weg zu Gott, oder?«

Sein schneidender Ton holte mich auf den Boden der Tatsachen zurück.

»Für wen halten Sie sich?«

Beschämt und ein wenig enttäuscht stotterte ich eine Entschuldigung:

»Verzeihen Sie, ich hatte angenommen ... Aber wo gehen wir dann hin?«

»Zum heiligen Petrus natürlich!«

Ich war überzeugt, dass er sich über mich lustig machte und sein Scherz eine Antwort auf die soeben begangene Sünde des Stolzes darstellte. Daher verlegte ich mich auf Ironie:

»Zum heiligen Petrus? Na klar!«

Erneut drehte er sich um und blickte mich dann vollkommen ernst an.

»Ja, zum heiligen Petrus, der die Schlüssel zum Paradies verwahrt. Da, schauen Sie.«

Weit entfernt von den Einkaufspassagen hatten wir einen mit Teppichboden ausgelegten Behördenflur erreicht, der zu einem hohen, zweiflügeligen Tor aus edlem Holz führte. Daneben saß ein weiterer Amtsdiener, der seinen Kollegen nun mit einer diskreten Geste grüßte. An der Tür war ein Schild mit der Aufschrift »Sankt Petrus« befestigt.

Das war Balsam für meine gekränkte Eitelkeit. Ich war mit Sicherheit kein Kunde wie jeder andere, wenn mir eine persönliche Unterhaltung mit dem Fischer vom See Genezareth zuteil wurde. Natürlich war es nicht der liebe Gott höchstselbst, aber Petrus war immerhin der Gründer der christlichen Kirche, und ich empfand es als Ehre, ihm vorgestellt zu werden.

Die beträchtliche Macht des Heiligen zeigte sich, als der Amtsdiener an die Tür klopfte. Eine außergewöhnlich donnernd hallende Stimme, die Wände und Boden erzittern ließ, forderte uns zum Eintreten auf. Damit erreichte ich zweifelsohne endlich die übernatürliche Welt. Der Amtsdiener stieß einen Türflügel auf und bedeutete mir, in das geräumige Büro einzutreten, durch dessen gläserne Wände die Sterne zu sehen waren. In der Mitte des Raumes stand ein großer schwarzer Ledersessel vor mehreren Bildschirmen. Der Sessel drehte sich um hundertachtzig Grad, und dann stand ich vor dem ersten Apostel. Er war in das Gewand eines alten Hebräers gekleidet, trug einen langen weißen Bart und lächelte ein wenig müde. Mit vollkommen normaler Stimme fragte er mich geradeheraus:

»Wie fanden Sie meinen kleinen Effekt?«

Ich hatte Angst, ungehobelt zu wirken, und wusste nicht, was ich antworten sollte.

»Was meinen Sie?«

»Nun, die Sache mit der zitternden Tür. Und die hallende Stimme. So etwas beeindruckt die Besucher immer wieder …«

Ich lächelte bescheiden, während er fortfuhr:

»Ein Freund hat das für mich ausgetüftelt.«

Die Ähnlichkeit des erhabenen Greises vor mir mit den frommen Bildern von ihm war frappierend. Ich ließ meinen Blick durch das Büro gleiten, das der Brücke des Raumschiffs Enterprise in Star Trek ähnelte: ein Kontrollraum, der sich zu den unendlichen Weiten des Weltraums öffnete, in dem sehr präsent eine weiße Wolke hing. Doch es handelte sich hier nicht um eine Galaxie, sondern um einen Knoten aus vielen Fäden, der mitten im Universum schwebte.

Gleichgültig gegenüber diesem Schauspiel drehte Simon Petrus sich zu seiner Konsole um und gab mir ein Zeichen, Platz zu nehmen. Mit unruhigen Fingern schob er eine altertümliche Maus hin und her, mit deren Hilfe er von einem Bildschirm zum nächsten gelangte, auf denen er die verschiedenen Teile des Paradieses – Hotels, Strände, Übergangslager – heranzoomte wie im Überwachungsraum eines großen Kaufhauses. Das staubige Fischernetz, das am Eingang lag, schien schon lange nicht mehr benutzt worden zu sein. Ich dachte gerade darüber nach, warum ich wohl hergerufen worden war, als der heilige Petrus erklärte:

»Sie sind mir sympathisch …«

Das wunderte mich eigentlich nicht, und vor meinem inneren Auge erschien wieder die VIP-Lounge, doch er fuhr fort:

»Ich würde gerne etwas für Sie tun. Aber leider muss ich mich an den Ablauf des Verfahrens halten, und Ihr Fall ist wahrlich nicht einfach zu beurteilen.«

Würde er jetzt noch einmal von diesen Lügen anfangen? Würde ich eine erneute Vernehmung über mich ergehen lassen müssen? Würden irgendwelche Spezialisten endlos darüber debattieren, ob mein Platz im Paradies oder im Übergangsbereich war? Konnte der heilige Petrus denn gar nichts für mich tun? Prompt erhielt ich die Antwort:

»Auch ich habe gefehlt. Ich habe Jesus verraten. Aber er hat mir verziehen.«

Ich antwortete spontan:

»Dann können Sie mir doch sicher auch verzeihen.«

»Das Dumme, lieber Freund, ist, dass ich über diese Macht nicht verfüge.«

Er hatte »lieber Freund« gesagt! Wie unter Leuten, die sich gut leiden können. Er fuhr fort:

»Ich habe ein Gnadengesuch für Sie an den Allmächtigen geschickt und warte auf seine Antwort. Sollte ich nichts hören, übernimmt Ihr Anwalt die Sache wieder. Und in diesem Fall, muss ich Ihnen leider sagen, bin ich nicht allzu zuversichtlich.«

Eine Frage schoss mir durch den Kopf:

»Und der Allmächtige – wenn es nicht allzu indiskret ist –, wo hält er sich auf?«

Der heilige Petrus setzte eine betrübte Miene auf.

»Unser Problem ist, dass wir es nicht genau wissen. Er ist ständig unterwegs. Wir bekommen ihn nicht zu fassen, ganz so, als ob das Schicksal der Seelen ihn nicht mehr interessiert.«

»Das ist aber ärgerlich!«, rief ich, ehe mir klar wurde, dass es sich schließlich um Gott, den Schöpfer des Himmels und der Erde handelte.

Eine andere Frage erschien mir noch wichtiger:

»Aber wenn er nicht da ist, wie gebietet er dann den Menschen? Und wie lenkt er das Universum? Wie kämpft er gegen den Teufel, und wie trifft er Entscheidungen?«

Der heilige Petrus murmelte beschämt:

»Wir machen es wie alle anderen auch: Wir konsultieren das Internet.«

Um seine Aussage zu verdeutlichen, zeigte er mit dem Finger auf den riesigen Knoten aus leuchtenden Fäden, der wie ein großer Magen mitten im Himmel hing. Es schien fast, als verweise er auf die wahre höhere Macht.

»Die Cloud. Darin findet man alles, oder fast alles, über jeden.«

Plötzlich besserte sich seine Laune. Als wolle er beweisen, was er gesagt hatte, rief er heiter:

»Stellen Sie mir eine Frage. Irgendeine!«

Worauf wollte er hinaus? Schlug mir der heilige Petrus wirklich vor, die Antworten auf das Mysterium des Universums auf Wikipedia zu suchen? Oder die Fehler der Menschheit aus Downloadprotokollen auszulesen? Sünden über Schlüsselwörter zu identifizieren? Hatte die Cloud tatsächlich den Platz Gottes übernommen? Diese Hypothese war beängstigend und wühlte mich zutiefst auf. Mit offenem Mund stand ich vor diesem ohnmächtigen Greis, der mir doch so gern die Pforte zum Paradies geöffnet hätte.

IV

Die Große Anomalie

1

Das glückliche Wiedersehen

Am frühen Morgen verließ Simon Laroche sein Refugium in den Bergen, erfrischt und bereit, den Kampf fortzusetzen. Dieses Mal musste er nicht auf die Dienste des Billigfliegers mitsamt seiner kostenpflichtigen Toiletten zurückgreifen, sondern hatte einen Platz in dem neuen Hochgeschwindigkeitszug ergattert, der die Reisezeit auf drei Stunden reduzierte. Doch als er unter dem schmiedeeisernen Dach des Hauptbahnhofs stand und nach dem entsprechenden Gleis suchte, ging ihm auf, dass die Hochgeschwindigkeitszüge von einem »Terminal« zehn Kilometer außerhalb des Stadtzentrums abfuhren. Es gab keinen Zubringerzug, also machte Simon sich samt seinem Gepäck verdrossen auf den Weg zum Busbahnhof.

Eine Viertelstunde später stand er vor dem Terminal, der wie ein überdimensionales Betonschiff mit riesigen Fenstern aussah. Simons Ärger steigerte sich noch, als ihm eine Hostess im Innern des Terminals die Zugangsmodalitäten zum Hochgeschwindigkeitszug erklärte. Demzufolge musste er vor dem Einstieg »einchecken«, ein Begriff, der bei der Luftfahrt entliehen war. Mit anderen Worten: Die Passagiere mussten sich ausweisen, indem sie ihren Pass vorlegten, sie mussten außerdem ihr Gepäck wiegen lassen und im Fall von Übergewicht einen Aufpreis zahlen.

Während der Eincheck-Prozedur zeigte Simon sich unwillig, konnte seinen Pass nicht finden (»Woher hätte ich wissen sollen, dass man den zum Zugfahren braucht?«) und stritt mit dem Angestellten, dem er unfreundlich verdeutlichte, was er von den Änderungen hielt. In seinem Kopf meldete sich eine kleine weise Stimme:

»Wenn du Probleme mit Veränderungen hast, solltest du einen Psychoanalytiker konsultieren.«

Eine weitere, etwas verständnisvollere Stimme antwortete:

»Nicht doch. Du bist immer gern Zug gefahren, weil es so praktisch und so einfach war … aber das ist es längst nicht mehr.«

»Also wirklich«, entgegnete die erste Stimme ungeduldig. »Hör endlich auf mit dieser Leier gegen alles, was modern ist. Immerhin darfst du mit Tempo dreihundert nach Hause fahren, du aber siehst nichts als Niedergang und Zerfall! Das Problem ist in deinem Kopf.«

Simon fuhr mit der Rolltreppe nach oben zur Gepäckannahme und protestierte gegen die zehn Euro Aufpreis, die man ihm abnehmen wollte. Schließlich bezahlte er schimpfend unter den erstaunten Blicken der anderen Passagiere. Die Stimme der Weisheit flüsterte ihm zu:

»Warum regst du dich auf? Das führt doch zu nichts. Du kannst zwar betrauern, dass die Welt sich weiterentwickelt, aber du kannst nichts dagegen tun.«

»Aber wenn keiner was sagt, wird es doch noch viel schlimmer!«, antwortete die verständnisvolle Stimme.

»Diese Themen sind viel zu hoch für dich, und das Leben ist kurz. Denk einfach an die drei Tage, die du am See verbracht hast, an die Berge, an die blühenden Wiesen, an die guten Ratschläge von Seneca, den du gestern Abend bei Sonnenuntergang gelesen, und an die weisen Vorsätze, die du vor deiner Abfahrt gefasst hast.«

Als Simon den bequemen Waggon der ersten Klasse betrat, musste er zugeben, dass das neue Reservierungssystem einige Vorteile aufwies: Die Lotterie, zu der das Reisen inzwischen geworden war, hatte ihm einen Platz zu einem Schleuderpreis beschert. War das vielleicht ein gutes Vorzeichen auf die kommenden Tage, die ihn wieder mit der Realität konfrontieren würden? Würde die Hexenjagd ein Ende nehmen? Würde er aus der Sache herauskommen, ohne sich entschuldigen zu müssen? Er hoffte auf die Unterstützung des Staatssekretärs, der endlich bereit war, ihn zu empfangen und ihn anzuhören.

Simon machte es sich bequem und breitete seine Zeitung aus, um die neuesten Nachrichten zu lesen, als sein Blick auf eine weibliche Gestalt fiel, die sich zwei Reihen entfernt anschickte, Platz zu nehmen. Zunächst war es nur ein flüchtiger Eindruck, doch dann wandte er ihr seine ganze Aufmerksamkeit zu und stellte fest, dass die große Brünette mit ziemlicher Sicherheit die Frau war, die ihm unwissentlich den ganzen Schlamassel eingebrockt hatte: Daisy Bruno, die Moderatorin von City Channel.

Simon spürte, wie sein Atem sich beschleunigte. Einen Moment lang überlegte er, ob die Anwesenheit der Journalistin an diesem Ende des Landes etwas mit seiner eigenen Reise zu tun haben könnte. Wie sollte er sich verhalten? Es gab zwei Möglichkeiten: mit ihr zu reden oder sich zu verstecken. Schließlich stand er schwungvoll auf, näherte sich der Moderatorin, die gerade ihre Tasche ins Gepäcknetz heben wollte, und fragte leise:

»Darf ich Ihnen helfen, Daisy?«

Er hatte bewusst sanft gesprochen, in einem Ton, der in krassem Gegensatz zur Gewalt seiner Missgeschicke stand. Und sofort meldeten sich die Gefühle, die er bereits beim ersten Aufeinandertreffen mit ihr gehabt hatte: spontane Sympathie und eine fast vertraute Komplizenhaftigkeit, eine starke Anziehungskraft dieses schlanken, hochgewachsenen italienischen Körpers und dieses Blicks, so voller Frische. Sie wandte ihm ihr Gesicht zu und fragte verwundert:

»Simon? Simon Laroche? Was machen Sie denn hier?«

Ihre Stimme klang angenehm überrascht.

»Genau das wollte ich Sie auch gerade fragen.«

Beide brannten darauf, sich miteinander zu unterhalten, und so tauschten sie die Plätze mit anderen Reisenden, um nebeneinandersitzen zu können. Nachdem sie die Gründe für ihr unverhofftes Wiedersehen geklärt hatten – Daisy war über das Wochenende zu Besuch bei Verwandten gewesen –, kamen sie schon bald auf die Ereignisse der letzten Wochen zu sprechen.

Nach Simons Anruf wegen der Veröffentlichung seiner Äußerungen im Internet hatte Daisy noch gehofft, dass schnell wieder Ruhe in die Sache kehren würde. Sie hatte ihre Verärgerung in der Redaktion deutlich zum Ausdruck gebracht, aber nicht herausfinden können, wer das Video ins Internet gestellt hatte. Nie hätte sie erwartet, dass der Skandal derartige Ausmaße annehmen würde.

In den folgenden Tagen, während Laroche dem Shitstorm hilflos ausgeliefert war, hatte sie sich schrecklich schuldig gefühlt, weil ihr Interviewpartner nur wegen ein paar unbedachter Worte beinahe gelyncht worden wäre. Eine einzige spontane Äußerung hatte genügt, um ihn durch den Dreck zu schleifen und ihn einem wahren Wettbewerb an Verunglimpfungen auszusetzen. Daisy hatte sich fortan wie besessen daran gemacht, Simon *zu helfen*. Sie hatte eine Verlautbarung verfasst, in der sie ihre Unterstützung kundtat und die Missdeutung privater Äußerungen ihres Gastes ausdrücklich verurteilte. Ein Duplikat ihres Protestes hatte sie an Simon geschickt, der allerdings nicht geantwortet hatte. Bei City Channel kam ihre Solidarität mit Laroche nicht gut an, für Fred und George war Simons Absturz vor allem gleichbedeutend mit einem Anstieg der Hörerzahlen. Schließlich hatte Daisy vor zwei Tagen, vor ihrer Abreise aufs Land, erneut bei Simon angerufen, um ihm ihre Hilfe anzubieten, aber am See hatte er keinen Empfang gehabt.

In dieser Zeit hatte sie immer daran denken müssen, dass Simon sich ohne das Vertrauen, das zwischen ihnen entstanden war, niemals so frei vor dem Mikro geäußert hätte. Ihre gegenseitige Empathie war ihm zum Verhängnis geworden. Jetzt, nachdem der Zufall sie wieder zusammengeführt hatte, fragte sie:

»Dann reden Sie also noch mit mir?«

Simon antwortete ohne zu zögern:

»Ehrlich gesagt glaube ich, dass Sie einer der wenigen Menschen sind, die mich verstehen.«

»Trotz all der Dinge, die ich ausgelöst habe?«

»Aber sicher. Sie wurden, genau wie ich selbst, von der Polemik überrollt. Ich kenne viele Leute, die zwar unbedingt die Privatsphäre schützen wollen, die aber, was die

Jagd auf Nazis, Pädophile oder wen auch immer betrifft, eine Bespitzelung durchaus befürworten. Ihnen hingegen scheint diese Art zu denken fremd zu sein.«

Der Zug fuhr an einem Fluss entlang, und Simon berichtete von den Veränderungen in seinem Leben: dass Freunde nicht mehr anriefen, dass seine Frau Zeit zum Nachdenken brauche und von den Anschuldigungen der alten Bäuerin. All das erzählte er mit einer Prise Humor, und Daisy bewunderte seine Beobachtungsgabe. In den ruhigen Tagen war seine Energie zurückgekehrt – wenn sein Elan nicht mit seiner Charmeattacke zusammenhing. Denn sie spürte sehr wohl, dass er sich bemühte, ihr zu gefallen. Plötzlich kam ihr etwas in den Sinn:

»Damals, in meiner linken Sturm- und Drangphase, wurde das ›Privatleben‹ gern auch als ›lebloses Leben‹ bezeichnet!«

Simon lächelte. Auch er erinnerte sich noch daran:

»Genau. Es war eines der Prinzipien der Revolution, über alles ganz offen zu reden …«

»Und Selbstkritik zu üben!«, sagte Daisy.

»Waren Sie Maoistin?«

»Nicht wirklich, aber ich habe mit diesen Ideen damals geliebäugelt«, gab die Journalistin zu.

»Ich stand im Gymnasium einem trotzkistischen Kreis vor«, erklärte Simon. »Im Nachhinein finde ich es faszinierend: Der Kapitalismus hat zwar gewonnen, aber letztendlich haben wir die schlimmsten Auswüchse des Kommunismus übernommen, indem wir uns ohne jegliche Tabus überall zeigen, ob im Fernsehen oder auf Facebook. Und uns selbst sogar wegen jedes noch so kleinen Fehlers an den Pranger stellen.«

Er jedenfalls lehne es ab, sich weiterhin selbst zu geißeln, was Daisys Zustimmung fand. Die Frau gefiel ihm. Er verspürte große Lust, ihre Hand zu nehmen, doch die kleine moderne Stimme in seinem Kopf warnte:

»Vorsicht, Simon, das könnte dir als Belästigung ausgelegt werden. Sie wird sagen, du hättest versucht, sie zu manipulieren.«

Die andere Stimme hingegen versicherte ihm, dass Daisy ihn längst toll fände, dass sie sich ohne viele Worte verstünden, und dass sie dafür geschaffen seien, zusammenzuleben … Ein Abenteuer? Eine Liebesgeschichte?

Er war kurz davor, den entscheidenden Schritt zu tun, als Daisys Telefon durch einen dezenten Klingelton mitteilte, dass eine Nachricht eingegangen war. Sie entschuldigte sich, das Gerät aus beruflichen Gründen nicht abgeschaltet zu haben, holte es aus der Tasche und warf einen kurzen Blick auf das Display. Plötzlich riss sie die Augen auf. Sie las den Text und blickte Simon an, der sofort die Vermutung äußerte, es handele sich erneut um etwas Unangenehmes zu seiner Person.

»Nein, keine Sorge«, gab sie sofort zurück.

Trotzdem schien sie nichts anderes tun zu können, als ihre Nachrichten abzurufen. Es war eine merkwürdig schweigsame Minute. Sekunden später bemerkte Simon (dessen Handy nach wie vor ausgeschaltet war), dass alle Passagiere des Erste-Klasse-Waggons dasselbe taten. Sämtliche über die Displays geneigten Blicke drückten die gleiche Bestürzung aus, und einige Leute fragten ihre Nachbarn verblüfft:

»Haben Sie das gesehen?«

Da ging Simon auf, dass gerade etwas ganz Besonderes geschah.

2

Der 14. Mai

Der Sturm war vor zwei Stunden losgebrochen.

Am 14. Mai um acht Uhr GMT erhielten Millionen von Internetnutzern Mails, die nicht für sie bestimmt waren. Es war fast wie ein Angriff, nahezu überall in der Welt verbreitete sich die Nachricht in Windeseile über alle Informationskanäle.

Schon seit Wochen hatten die entsprechenden Dienste das Wiederauftauchen von zuvor gelöschten Mails gemeldet. Diese waren jedoch stets nur in den Mailboxen ihrer Absender gelandet. An diesem Morgen aber erhielt das Phänomen eine neue Dimension. Im Laufe des Tages bemerkten die User, dass ihre Computer nicht mehr nur von ihren eigenen, längst vernichteten Mails heimgesucht wurden, sondern auch von denen ihrer Adressaten. Sie erschienen nach dem Zufallsprinzip mal hier, mal dort, und kein Sicherheitsprogramm konnte sie aufhalten.

In den meisten Fällen handelte es sich um harmlose Mails. Trotzdem war die Zahl der anschließenden Dramen beachtlich. Der Rummel begann mit der Frau eines berühmten Hollywoodschauspielers, die die Scheidung einreichte, nachdem sie Einblick in die Korrespondenz ihres Mannes mit seiner Geliebten erhalten hatte. Eine

Stunde später deckte das Kabinett der Bundesrepublik Deutschland den Austausch zwischen einem französischen und einem englischen Minister auf, die beleidigend über die Berliner Politik hergezogen hatten. Gleichzeitig erkundigten sich gewissenhafte Angestellte in den Finanzämtern bei ihren Vorgesetzten, ob sie die Informationen über Betrugsfälle verwerten durften, die versehentlich die Steuerbehörden erreicht hatten.

Die Browserbetreiber wurden der Anrufe nicht mehr Herr. Sie schlossen alle Hotlines und schalteten die Anrufbeantworter ein, welche die Kunden mit der Information vertrösteten, man sei bemüht, den Schaden zu beheben. In Wirklichkeit hatten auch sie keine Erklärung für das Phänomen. Alle Fernsehsender ließen Experten zu Wort kommen, die von einer »technischen Schwachstelle« sprachen und einen Angriff von außen als Ding der Unmöglichkeit abtaten, den Zuschauern aber vor allem einschärften, indiskreten Mails unbekannter Herkunft keinen Glauben zu schenken. Die derzeit einzige Lösung bestehe darin, sie als Spam zu behandeln und sofort in den Papierkorb zu schieben. Inzwischen seien sämtliche Spezialisten mobilisiert, die im Lauf der kommenden Stunden sicher eine Gegenmaßnahme finden würden.

Trotz aller Versprechungen erwies sich die »Große Anomalie« vom 14. Mai, wie der Vorfall seit diesem Tag genannt wurde, in der modernen Welt als wahres Erdbeben. Im Gegensatz zu den Attentaten des 11. September 2001 oder dem Börsenkrach vom August 2008 waren weder Tote noch ein wirtschaftlicher Einbruch zu beklagen. Um den gesamten Planeten jedoch verbreitete sich eine Welle bislang unbekannter Angst, die tiefer reichte als die gewöhnlichen, schwachen Zukunftsängste. Es war wie eine Krankheit, die jeden befiel und ihm den Schlaf raubte. Sie verwandelte jeden Tag in schieres Entsetzen, denn von diesem Moment an war jedem klar, dass selbst sein kleinstes Geheimnis jederzeit in der ganzen Welt publik werden konnte.

*

Nach diesem ersten panischen Tag schien das Phänomen indes zum Stillstand zu kommen. Einige optimistische Kommentatoren meinten bereits, die Spezialisten hätten die Sache in den Griff bekommen, doch die Ruhe war trügerisch. Wie bei einem Erdbeben folgten auf den ersten Stoß eine Reihe heftiger Nachbeben. Die »technische Schwachstelle« vom 14. Mai war nur der Vorbote eines tiefgreifenderen Wirrwarrs gewesen.

Am 16. Mai spülte eine zweite Welle indiskreter Informationen über die ganze Welt. Mit dem Unterschied, dass es sich jetzt nicht mehr nur um E-Mails, sondern zusätzlich auch um Browserchroniken handelte. Auf diesen offensichtlich zufällig ausgewählten Listen waren die Aktivitäten von Internetnutzern minutiös mit allen Links aufgelistet. Ein einfacher Klick genügte, um herauszufinden, wonach ein Kollege, ein Verwandter oder ein Freund in der letzten Woche oder auch vor fünf Jahren im Web gesucht hatte.

Genügte der Begriff »technische Schwachstelle« noch, um diesen unglaublichen Eingriff in die Privatsphäre zu erklären? Ohne den geringsten Anhaltspunkt berichteten ganze Bataillone von Journalisten von den Ängsten, die sich in der Bevölkerung breitmachten und auch sie im Griff hatten. Auch ihnen brach der kalte Schweiß aus bei dem Gedanken, ihre Download-Chroniken könnten in unbefugte Hände geraten. Natürlich verwiesen die meisten dieser Verlaufsprotokolle allenfalls auf dürftige Inhalte, aber es gab durchaus auch Fälle, in denen bereits der Name des Links zu viel verriet – zum Beispiel, wenn der Titel einer Seite Worte wie *Dschihad*, *Schlampen* oder *Dicke Titten* enthielt.

In Unternehmen wie an allen anderen Arbeitsplätzen beobachteten die Angestellten misstrauisch ihre Kollegen und Vorgesetzten. Hatte einer von ihnen vertrauliche Informationen erhalten? Verhielten sie sich irgendwie anders? Waren sie kühl oder abweisend? Hatte vielleicht jemand herausgefunden, dass man einen Teil seiner bezahlten Arbeitszeit beim Telepoker oder auf Erotikseiten verbracht hatte? Der 16. Mai wurde noch stärker als der 14. zum Schauplatz von Ehekrisen. Seitensprünge, Liebhaber, Mätressen, amouröse Leidenschaften oder kleinere Fehltritte – alles war plötzlich öffentlich geworden.

Weltweit breitete sich Panik aus, mit Ausnahme gewisser Diktaturen, in denen der Zugang zum Internet streng kontrolliert wurde. Dort waren die User besser geschützt, weil sie ohnehin nie etwas verbergen konnten. Überall sonst riefen die Regierungen zu Ruhe und Besonnenheit auf. Die Vereinten Nationen riefen eine Versammlung ein mit dem Ziel, eine gemeinsame Lösung zu finden. Die meisten Länder bauten auf Solidarität und ließen Grundsatzerklärungen verlautbaren, in denen man sich mit feierlichen Schwüren verpflichtete, die unverlangt erhaltenen Informationen unbeachtet zu vernichten. Persönlichkeiten des öffentlichen Lebens erklärten ihre Abneigung gegenüber jedweder Art von Skandalen und unterstrichen die Respektierung des Privatlebens. Was niemand verstehen konnte, war, warum manche Menschen stärker von den Indiskretionen betroffen waren als andere. Die Dokumente, die aus den Tiefen des Web auftauchten, schienen rein zufällig ausgewählt worden zu sein. Die Polizei trat auf der Stelle. Ein paar Erleuchtete verbreiteten die Hypothese, das World Wide Web sei überlastet und folge daher seinen eigenen Gesetzen. Einige besonders nervöse Gestalten nahmen an, dass sich hinter dem Phänomen eine fremde Intelligenz verberge, die der Menschheit schaden wolle. Alle Versuche, dem Übel auf den Grund zu gehen, erwiesen sich als unwirksam. Da niemand die Verantwortung für die Sache übernahm, blieb es bei der offiziellen Annahme einer »Großen Anomalie«.

*

Nach zwei Tagen Ruhe kam es am 19. Mai zu einer dritten Welle erheblicher Indiskretionen im Netz. Dieses Mal waren es SMS, die der Öffentlichkeit preisgegeben wurden. Wie schon in den anderen Fällen waren die Konversationen auch hier manchmal mehrere Monate, ja sogar Jahre alt, und auch hier hatten ihre Urheber geglaubt, sie endgültig gelöscht zu haben. Die meisten SMS stammten weder von Sexbesessenen noch von Terroristen, sondern waren unverfänglich und blieben ohne Konsequenzen. Einige Botschaften allerdings enthielten so brisantes Material, dass sie Familien ins Chaos stürzten, Freundschaften erschütterten und Karrieren verbauten. In New York, Tokio und Paris fielen die Börsenkurse allein aus dem Grund, dass man sich Sorgen um die Zukunft des Internets machte. Ob per E-Mail, Telefonat oder Überwachungskamera – inzwischen lief fast der gesamte zwischenmenschliche Austausch digital ab, und er schien kurz davor, in einem obszönen Licht zu explodieren.

Auch was den neuerlichen Angriff betraf, blieben die Browserbetreiber eine Antwort schuldig. Nach wie vor liefen auf den Anrufbeantwortern die Bänder mit der lakonischen Erklärung, man bemühe sich weiterhin, den Schaden zu beheben, und sei im Begriff, die Probleme zu lösen. Der tröstliche Tenor jedoch konnte niemanden überzeugen, und bei der kriminaltechnischen Einheit der Polizei, wo man sich ohne Unterlass die Köpfe zerbrach, ohne eine Antwort zu finden, stieg die Nervosität. Millionen User träumten davon, den Ursprung dessen zu finden, was für die einen eine »allgemeine Anomalie des Netzes«, für die anderen ein Hackerangriff mit dem Ziel der vollkommenen Transparenz war.

Wenige Jahre zuvor waren in der Affäre um Wikileaks auf ähnliche Weise vertrauliche Informationen der amerikanischen Geheimdienste an die Öffentlichkeit gelangt. Gewisse militante Gruppierungen wie *Anonymous* hatten sich in der Vergangenheit ebenfalls dadurch hervorgetan, jene zu stören, welche die Freiheit im Internet beschränken wollten ... Doch alle Hacker erklärten einstimmig, nichts mit den derzeitigen Phänomenen zu tun zu haben, und fielen lautstark in den Chor ein, der den »unerträglichen Angriff auf die Privatsphäre« anprangerte. In zunehmendem Maß tauchten nun auch Mitteilungen auf, in denen jemand die Verantwortung für die »Große Anomalie« übernahm.

Die meisten Absender jedoch zeichneten sich durch blühende Fantasie und einen Mangel an technischem Know-how aus, wie zum Beispiel eine kleine Gruppe, die sich »Islamische Reinheit« nannte, oder das morastige »Komitee zur Verteidigung des Okzidents«, die jeweils die moralische Verkommenheit der Bevölkerung anprangerten.

Was sollte man tun? Waren vielleicht die Geheimdienste verantwortlich? War dies ein Versuch, die Menschen gezielt zu verängstigen, um die stärkere Kontrolle des Netzes zu rechtfertigen? Als einzige Antwort auf die herrschende Unordnung verabschiedeten die Vereinten Nationen bei ihrer Versammlung am 20. Mai mit der absoluten Mehrheit aller Stimmen eine gemeinsame Erklärung, welche die Weiterverbreitung und Nutzung der im Umlauf befindlichen vertraulichen Informationen verurteilte.

3

Der Gegenangriff

Simon stand hundert Meter vor dem Palais National hinter einer Mauerecke versteckt und stellte erleichtert fest, dass die »Reinemachefrauen« nicht am Tor auf ihn warteten. Seit seiner Rückkehr aus den Bergen stellte er seinen Wagen auf einem Parkplatz in der Nachbarschaft ab und ging zu Fuß zu seinem Büro, um zunächst die Lage sichten zu können. Doch die Vorsichtsmaßnahme erwies sich als unnötig, denn die militanten Damen waren verschwunden, die Straße lag menschenleer vor ihm. Über der Stadt lag eine lähmende Angst. Seit der »Großen Anomalie« harrten die Leute in banger Erwartung der nächsten Enthüllungen aus dem Internet.

Simon Laroche überquerte den gepflasterten Hof und stieg die Marmortreppe zu den Büroräumen der Kommission hinauf, wo seine Assistentin ihn mit verwirrtem Blick erwartete.

»Was sollen wir tun?«

Ihre Unruhe bezog sich weder auf ihren Chef noch auf den Shitstorm gegen ihn, sondern auf die Katastrophe, welche über die Welt hereingebrochen war. Das Verhalten dieser Frau zeugte von ihrem Vertrauen in die Rolle der Kommission für öffentliche Freiheit. Die Assistentin schien überzeugt zu sein, dass ihr Chef nicht nur wusste, wie man sich die entsprechenden Unterlagen angeeignet hatte, sondern dass er auch eine Lösung für das Problem finden würde. Für sie besaß Simon den Nimbus eines Experten, der alles dafür tat, das Privatleben der Menschen zu schützen. Bedeutete das, dass Simons Albtraum angesichts der aktuellen Ereignisse endlich zu Ende war?

Als das Internet-Phänomen aufgetaucht war, hätte der Gedanke, seine kleinen erotischen Geheimnisse könnten an die Öffentlichkeit dringen, Simon eigentlich Angst einjagen müssen, aber diese fixe Idee hatte sich vollkommen in Luft aufgelöst. Das internationale Ausmaß der Krise, das Gewicht der politischen Indiskretionen und die Bedeutung der diplomatischen Skandale relativierten seine eigenen Irrwege. Natürlich machte ihn seine Stellung als beschuldigter Verantwortlicher zu einem geradezu idealen Ziel, doch die Bedrohung schien eher nachzulassen. Die Unregelmäßigkeiten in Bezug auf die Mails, die bei Simon als einem der Ersten aufgetreten waren, hatten bei ihm inzwischen aufgehört, als wende sich die »Anomalie« jetzt anderen Opfern zu. Zumindest nahm er das an, obwohl schon die kleinsten Anzeichen ihn noch immer hellhörig machten – wie beispielsweise am Vorabend beim gemeinsamen Abendessen mit seiner Familie.

Seit seiner Rückkehr aus dem Ferienhaus mühten sich seine Frau und sein Sohn sehr, ihre guten Vorsätze umzusetzen. Die Vorwürfe waren allerlei Annehmlichkeiten gewichen. Simon bekam zum Abendessen ein wunderbar blutiges Steak und genoss Annas Freundlichkeit. Vermutlich fürchtete sie, das Gebäude, das sie ein Leben lang gemeinsam errichtet hatten, könnte im Handumdrehen zu Staub zerfallen. Tristan saß neben ihr, er trug ein mit einem Totenkopf und einer Sense bedrucktes T-Shirt. Eine neue Frisur verdeckte fast sein ganzes Gesicht, aber er zeigte sich gesprächiger als sonst und strich sich sogar die Haare aus dem Gesicht, als er seinen Vater anlächelte. Simon kannte die jugendlichen Launen gut genug, um zu wissen, dass derartige Mühen eine Forderung nach sich ziehen würden, die dann auch prompt erfolgte:

»Papa?«

»Ja, Tristan?«

»Ich hätte da eine Bitte.«

»Das dachte ich mir schon, mein Großer.«

Der Junge streckte sein pickeliges Kinn vor. Sein Vater hatte ihn durchschaut, was er mit einem maliziösen Blick quittierte.

»Dann kann ich dich ja auch gleich geradeheraus fragen.«

»Schieß los. Ich bin ganz Ohr.«

»Also, mein Bildschirm funktioniert nicht mehr so richtig. Aber ich habe einen ganz tollen Vierundzwanzigzoller gesehen. Gar nicht teuer. Ich dachte, dass …«

Simon unterbrach ihn.

»Du hast dir also jetzt einen Vierundzwanzig-Zoll-Bildschirm in den Kopf gesetzt, und seit du dir vorgenommen hast, ihn zu kaufen, funktioniert der alte plötzlich nicht mehr …«

Er nahm sich Zeit, ein Stück Steak zu verspeisen, ehe er fortfuhr:

»Weißt du, Tristan, abgesehen davon, dass dieser Kauf nicht unbedingt notwendig ist, fände ich es vernünftiger, wenn du deine Ausgaben ein wenig einschränken würdest, bis diese Affäre um mich beendet ist.«

Damit aber streute er Salz in die Wunde. Tagelang hatten Anna und Tristan sich davon zu überzeugen versucht, dass alles vorbei war und sich in ihrem Leben nichts verändern würde. Als Simon jetzt mögliche Schwierigkeiten ansprach, wurde es plötzlich still am Tisch. Schließlich setzte der Sohn von Neuem an:

»Mensch, Papa, du hast doch sicher ein paar Ersparnisse. Ich kenne doch deine Matroschkas!«

Das Wort ließ Simon erstarren. War das etwa eine Anspielung auf die Internetseite *Russenpuppen.xxx*, die er wegen Natascha mehrfach besucht hatte? Als wolle er die Bedenken seines Vaters hinwegfegen, zeigte Tristan auf die Matroschkas auf dem Kaminsims, in die seine Eltern manchmal ein paar Scheine steckten. Aber Simon wurde die Angst nicht los, dass vielleicht etwas anderes dahinterstecken konnte: Möglicherweise hatte der Junge die privaten Daten seines Vaters erhalten und musterte ihn deshalb jetzt mit dieser unverschämten Miene, der Simon nichts entgegenzusetzen hatte. Zu allem Überfluss baute sich nun rechts von ihm eine weitere Front auf, als Anna nämlich sagte:

»Ich gehe übrigens gleich mit Natascha ins Museum. Ich habe sie auf Facebook kennengelernt. Sie ist sehr nett.«

Simon nieste vor Schreck auf seine Gabel und sprühte dabei Nudelfragmente über den Tisch. Er entschuldigte sich und fragte:

»Du triffst dich mit Leuten, die du auf Facebook kennenlernst?«

»Warum nicht? Ich kann ja verstehen, dass du nicht

mehr viel für soziale Netzwerke übrig hast, nachdem sie sich an dir ausgetobt haben, aber sie haben durchaus ihre Vorteile. Ich bin sicher, dass die Frau dir gefallen würde – eine hochgewachsene Blondine, ausgesprochen sympathisch und vor ein paar Jahren aus Russland gekommen …«

Die Beschreibung passte haargenau auf die andere Natascha. Das konnte doch kein Zufall sein! Die Große Anomalie musste erneut zugeschlagen haben. Jetzt kannte Simons Familie also jedes Detail seines Lebens … Obwohl – wenn dem so wäre, wären die Reaktionen seiner Frau und seines Sohnes vermutlich erheblich heftiger ausgefallen. Aber sicher war er sich nicht. Und schon kurz darauf schlugen die Anspielungen eine ganz andere Richtung ein. Anna, die offenbar ein Hühnchen mit Tristan zu rupfen hatte, wandte sich an ihren Sohn:

»Was den Bildschirm angeht, so muss ich dir recht geben, mein Schatz. Aber ich finde, du solltest mich im Gespräch mit deinen Freunden nicht immer als ›die Neurasthenikerin‹ bezeichnen. Das ist wirklich nicht sehr nett.«

Tristan schüttelte den Kopf, bis ihm alle Haare ins Gesicht fielen und seine plötzlich feuerrot gewordenen Wangen verbargen:

»Woher weißt du das? Schnüffelst du etwa in meinen Sachen rum?«

»Das würde ich mir nie erlauben, mein Schatz.«

Wütend starrte Tristan seine Mutter an. Anna jedoch flüchtete sich in ein lapidares:

»Mein kleiner Finger hat es mir erzählt.«

Hatte sie ihn am Telefon belauscht? Oder hatte sie vertrauliche Mails ihres Sohnes erhalten?

Tristan zog es vor, zu schweigen. Er dachte an seine verloren gegangenen Geheimnisse – daran, dass seine Eltern jetzt über seine Flirts und seine Haschischbestellungen Bescheid wussten, und an die schlechten Scherze, die er über seine Lehrer gemacht hatte … Simon hingegen empfand eine große Erleichterung darüber, dass sich der Ärger nicht immer nur auf ihn konzentrierte. Er stand vom Tisch auf und überließ Frau und Sohn ihren Erklärungen.

Jetzt, im Büro, fühlte er sich kampflustig. Die spürbare Angst in der Stadt und der vertrauensvolle Blick seiner Assistentin bestärkten ihn in seiner Entschlossenheit. Die »Große Anomalie« bot ihm die Gelegenheit, seinen unglückseligen Satz vergessen zu machen und ganz in seiner Rolle als Vorsitzender des KoföF aufzugehen. Er würde in einer Stellungnahme erläutern, wie das juristische Chaos mitsamt seiner vielfältigen Folgen eingedämmt werden konnte.

Auf seinem Schreibtisch lagen die Zeitungen, die alle über die neueste Entwicklung der Katastrophe berichteten. Am Vorabend hatte sich die Situation gravierend verschlechtert, als ein Boulevardblatt einige der im Internet aufgetauchten Enthüllungen über mehrere Promis unter dem Titel »Ihre geheimen Obsessionen« veröffentlichte. Ohne den von der UNO empfohlenen Richtlinien zur Diskretion Rechnung zu tragen, hatte die Zeitung Porträts der jeweiligen Personen neben höchst kompromittierenden Fotos veröffentlicht, die ihren Download-Chroniken entnommen waren. Allzu offensichtliche Einzelheiten waren mit einem Balken geschwärzt worden, aber das Resultat war dramatisch: Der nüchterne Bildungsminister posierte neben einem Bild aus einem Z-Movie, in dem Schülerinnen sich bei einer Orgie vergnügten, ein Würdenträger der katholischen Kirche war neben einem obszönen Foto zu sehen, auf dem Seminaristen den Penis eines Bischofs begutachteten.

Sofort meldeten sich Stimmen, die das Vorgehen der Zeitung verurteilten und nach einer deutlichen Antwort der Justiz riefen. Moralische und intellektuelle Instanzen prangerten die Methoden der Skandalpresse an. Die Anwälte der betroffenen Promis stritten die angeblichen Fakten ab und sprachen von »schändlichen Fotomontagen«. Trotzdem zeugte in diesem Augenblick der zahlreichen Rufe nach Vernunft eine wahre Flut von Kommentaren davon, dass die Dinge nicht so einfach lagen. Anonyme Stimmen feierten im Internet die Tatsache, dass »endlich die Schändlichkeit derer deutlich wird, die sich für den Inbegriff der Moral halten«. Tausende Mails forderten den Rücktritt des Bildungsministers – »dieses Schweins, das davon träumt, mit Schülerinnen herumzuvögeln!«. Schließlich wendeten sich die Angriffe auch gegen diejenigen, die die Respektierung der Privatsphäre forderten. »Die Indiskretion bringt sie noch stärker auf die Palme als die Taten an sich. Pädophilie stört sie nicht, vorausgesetzt, sie wird ordentlich unter den Teppich gekehrt.« Als der katholische Würdenträger schließlich zurücktrat und sich gleichzeitig bei allen gläubigen Christen entschuldigte, feierten die Anonymen das wie einen Sieg.

Die öffentliche Meinung teilte sich in zwei Lager. Auf der einen Seite standen diejenigen, die aus Prinzip gegen die Veröffentlichung privater Daten gleich welcher Herkunft waren, auf der anderen Seite sah man im Namen der Demokratie, der Transparenz und der Gleichheit keinen

Grund, die Schändlichkeiten von Personen des öffentlichen Lebens unter Verschluss zu halten. Es gab Stimmen, die in einer »Operation Saubere Hände« sämtliche existierenden Dokumente veröffentlichen wollten, damit endlich »die ganze Wahrheit der Mächtigen« ans Licht kam.

Simon setzte sich an seinen Computer und öffnete ein neues Dokument. Er spürte, dass der Moment gekommen war, eine »Empfehlung« zu erstellen, die in die Geschichte eingehen würde. Er würde an den absoluten Vorrang der Vertraulichkeit erinnern und so weit gehen, das Recht auf eine gewisse Sittenlosigkeit in privaten Unterhaltungen oder beim Besuch bestimmter Seiten zu verteidigen. Der Staat würde sich an diese Vorgaben halten müssen, denn Simon verfügte über unwiderlegbare juristische Argumente. Und wenn er die Regierung in diesem Sinne inspirierte, würde er zweifellos auch dem Rest der Welt den Weg in die richtige Richtung weisen. Er würde mit beispielhaftem Mut vorangehen und über die allgemeine Denunziation triumphieren. Schon sah er sich als Held eines neuen Zeitalters. Schwungvoll tippte er den ganzen Text in einem Guss hinunter, griff danach zum Telefon und wählte Ingrids Nummer.

Es läutete mehrmals, ehe sein Anruf auf den Anrufbeantworter weitergeleitet wurde. Zunächst reagierte Simon ungeduldig, rief sich dann aber ins Gedächtnis, dass seine in den höchsten Kreisen arbeitende Freundin natürlich dann und wann auch Termine wahrzunehmen hatte. Eine halbe Stunde später rief sie zurück, doch ihrer Stimme mangelte es an Wärme. Mit müder Ironie fragte sie:

»Du hast doch hoffentlich nicht schon wieder eine Dummheit gemacht?«

Ingrid hatte sich offenkundig noch nicht von der letzten Affäre erholt. Trotzdem bemühte sich Simon, entspannt zu bleiben. Mit dem Eifer eines Dieners der Republik verkündete er, dass er soeben eine kühne »Empfehlung« verfasst habe, wie es bei dem derzeit herrschenden Irrsinn geboten sei, und dass sein Text dem Staatssekretär sicher eine große Hilfe sein würde. Er sprach gut, legte seine Ideen dar und las sein Manuskript mit fester Stimme vor. Als er geendet hatte, war am anderen Ende der Leitung nur ein drückendes Schweigen zu hören, ehe die Beraterin schließlich sagte:

»Entschuldige, Simon, aber ... Ich glaube, in deiner derzeitigen Position solltest du solche Erklärungen lieber unterlassen.«

Entrüstet begehrte Simon auf:

»Jetzt nicht auch noch du, Ingrid! Du weißt sehr wohl, dass ich in eine Falle getappt bin. Aber die Geschichte ist aus und vorbei. Heute erfülle ich meinen beruflichen Auftrag, und wir sind es uns schuldig, gewisse Werte mutig zu verteidigen.«

Die Antwort war trocken:

»Mutig wäre gewesen, wenn du dich entschuldigt hättest. Wir haben immer noch drei Petitionen vorliegen, die deinen Rücktritt fordern. Jede Einmischung deinerseits wäre peinlich für meinen Chef.«

»Ingrid, bitte, das ist doch Schnee von gestern«, beklagte sich Simon, ehe er hinzufügte:

»So kann es jedenfalls nicht weitergehen. Ich hätte gern einen Termin beim Staatssekretär.«

»Das passt gut, denn er möchte dich auch sprechen«, sagte Ingrid.

Ehe sie auflegte, gab sie Simon noch einen fast mütterlich anmutenden Rat:

»Aber vor allem, Simon, wäre es in deinem eigenen Interesse, vorerst nichts unter deinem Namen zu veröffentlichen. Damit vermeidest du Probleme.«

4

Ein fulminanter Aufstieg

Der Hüne mit der Portiersmütze sah aus wie Slimane, der Blödmann aus der Falaise-Siedlung. Mit argwöhnischer Miene musterte er die beiden Jungen, die auf dem gegenüberliegenden Bürgersteig auf eine günstige Gelegenheit warteten, um das New Chic zu betreten.

Der Club befand sich in einem Gebäude an der Avenue Mandela und gehörte zu den angesagtesten der Stadt. Der neue Besitzer hatte sich auf Events verlegt und lud junge Kreative ein, ihre Werke zu präsentieren. Im vergangenen Monat hatte ein chinesischer Künstler für Furore gesorgt, als er sämtliche Innenwände mit grauen Streifen versah, die an die Uniformen Deportierter erinnerten. Diese »Hommage an die Opfer aller totalitären Staaten« hatte die Beliebtheit des New Chic noch gesteigert, das seither vor allem zur Happy Hour zum Treffpunkt der Berühmten, Reichen und Schönen geworden war. Zu diesem Club waren Red und Darius von Valerie M., der Chefin der Agentur *Valerie.com*, bestellt worden, und nun warteten sie unter dem Blick des Wachmanns, der äußerst entschlossen schien, die beiden Jungen keinesfalls einzulassen.

Red grinste Darius an. Beide fanden die Situation äußerst unterhaltsam, denn der Muskelprotz hatte keine Ahnung, dass die beiden Schüler von einer der bekanntesten Frauen der Stadt erwartet wurden. Als sie das gut betuchte Viertel erreicht und den imposanten Portier an der Treppe zum Club entdeckt hatten, überlegten sie kurz, ob ihre ausgesprochen lässige Kleidung womöglich nicht ganz dem Dresscode des Etablissements entsprach. Doch nachdem sie einige Minuten lang andere beobachtet hatten, waren sie überzeugt, dass die Kunden des New Chic damit nichts am Hut hatten. Darius warf seinem Kumpel einen Blick zu:

»Komm, lass uns reingehen.«

Mit bewusst gleichgültiger Miene traten sie auf die Ampel zu und überquerten die Straße, bis sie schließlich vor dem Eingang standen, vor dem beständig Taxis und Limousinen hielten. Ohne den Rausschmeißer anzuschauen, stiegen sie mit gesenkten Köpfen die Stufen hinauf. Vor der großen Drehtür verstellte ihnen der livrierte Muskelmann den Weg und fragte mit drohender Stimme:

»Die Herren wünschen?«

Red setzte sein dümmstes Gesicht auf und stammelte:

»Also, na ja, es ist so …«

»Tut mir leid, aber ihr dürft hier nicht rein«, erklärte der Türsteher und fügte selbstsicher hinzu:

»Falls ihr auf der Suche nach einem Job seid – das Personal ist komplett. Außerdem wären dann bessere Klamotten angesagt.«

Red hatte plötzlich Lust, den Kerl zu provozieren:

»Komm schon, Kumpel, mach keinen Stress. Wir wollen da rein …«

»Ich wüsste nicht, dass wir uns duzen«, knurrte der Türsteher mit wutverzerrtem Gesicht, während sich bereits einer seiner Kollegen näherte.

In diesem Augenblick trat eine große, sehr magere Frau vor die Tür. Sie hatte blondes Haar, trug lässige Jeans und auf der Nase eine schwarze Sonnenbrille. Sie herrschte den Türsteher an:

»Hören Sie, diese beiden Herren sind meine Gäste. Ich habe sie in den Goldenen Salon eingeladen.«

Allein der Name »Goldener Salon« wollte so gar nicht zum Stil der beiden Neuankömmlinge passen, aber der Portier musste murrend die Waffen strecken. Valerie M. ging den beiden Jungen voraus in die Bar, doch nach ein paar Schritten drehte Red sich noch einmal kurz um und frotzelte:

»Eigentlich solltest du dich entschuldigen, Kumpel.«

Die beiden Freunde hatten sich die Königin der Medienbranche erheblich erotischer vorgestellt. Als Valerie jedoch wenige Minuten später eine Flasche teuren Champagner orderte, wurde ihnen schlagartig klar, dass sich in ihrem Leben tatsächlich etwas geändert hatte.

Noch vor einem Monat hatten sie in ihrem Viertel herumgelungert, sich in der Schule hauptsächlich durch dumme Streiche hervorgetan und den Rest der Zeit in der Nähe des Sandwich-Shops Honolulu verbracht. Innerhalb von vier Wochen jedoch waren sie zu einer gewissen Berühmtheit gelangt. Ihre Seite »Wir Männer!« war zu einer der meistbesuchten in den sozialen Netzwerken geworden und hatte nach und nach Medienmogule und Geldgeber angezogen. Der Name, ursprünglich als Scherz gedacht, hatte einen wahren Hype verursacht. Die Zahl der »Freunde« ging längst in die Millionen. Künstler auf dem absteigenden Ast und Politiker auf der Suche nach einem Programm traten der Gruppe bei. Die durch die

»Große Anomalie« geschürten Ängste hatten den Rummel noch verstärkt. Red und Darius hatten sich währenddessen Mühe gegeben, ihren lockeren und schnoddrigen Ton beizubehalten, denn niemand sollte durchschauen, ob ihre Kampfansage eine edle Geste oder nur Humbug war.

Der Blog war im Zimmer von Darius entstanden, der sich mit Informatik auskannte. Begonnen hatten sie damit, die User aufzufordern, alles aufzuschreiben, was ihnen zum Thema »Wir Männer!« einfiel. Unzählige Tweets mit den verschiedensten Meinungen waren eingetrudelt: »Wir Männer wollen uns nicht mehr schämen müssen«, »Wir Männer sind gegen Quotenpolitik«, »Wir Männer freuen uns über Freudenmädchen« …

Nachdem die feministischen Gruppierungen vierzehn Tage lang keine Notiz von dem Rummel genommen hatten, schienen einige von ihnen ihn doch wahrzunehmen; vermutlich hatten sie zunächst vermutet, es handele sich lediglich um ein Strohfeuer. Doch die Bewegung wurde schnell größer. Tausende Männer traten der Gruppe bei, um auf das zu reagieren, was einige als »Gewalt von Frauen« zu bezeichnen wagten. In mehreren Ländern wurden spontan Gruppen mit dem Namen »Wir Männer!« gegründet. Der Gegenangriff begann mit einer öffentlichen Äußerung der Sprecherin der Gruppierung »Wir Frauen!«, Adama Lolo, in der sie darauf hinwies, dass sexistische Äußerungen gesetzlich verboten seien. Darüber hinaus beschwerte sie sich, dass die Namensgebung »Wir Männer!« eine unhaltbare Persiflage auf den eingetragenen und geschützten Namen ihrer eigenen Gruppe darstelle; einer eilig auf den Weg gebrachten einstweiligen Verfügung wurde vor Gericht allerdings nicht stattgegeben.

Red und Darius verfassten ein Statement, in dem sie jede aggressive Absicht abstritten und sich für ein friedliches Miteinander der Geschlechter einsetzten. Ihr einziges Ziel sei es, die rechtliche, politische, mediale und soziale Diskriminierung zu beenden. Den Frauen werde systematisch eine prominentere Stimme, eine besondere Identität und eine positive Eigenart eingeräumt, während den Männern im Gegenteil jede Verbundenheit, jede Identität und jede Eigenart abgesprochen werde, es sei denn, dies diene dazu, sie kollektiv wegen lasterhafter Sexualität und Machtmissbrauchs anzuprangern. Für diese unterschiedliche Behandlung aber gebe es keinen vernünftigen Grund.

Das Gerücht vom Erfolg der beiden jungen Männer verbreitete sich wie ein Lauffeuer und wurde in ihrem unterprivilegierten Viertel schon fast als Ruhm gewertet. Man stellte ihnen Räumlichkeiten im Turm Nummer 5 (dem Gebäude ohne Aufzüge) zur Verfügung, und als sie die erste Einladung zu einem Fernsehauftritt erhielten, prügelte man sich fast darum, sie zum Studio fahren zu dürfen. Nach der Sendung wuchs der Stolz sogar noch, denn die Zuschauer hatten die beiden als Sympathieträger wahrgenommen, die zur Verdeutlichung unbequemer Gedanken ganz bewusst an der Grenze zum Scherz lavierten. In der Sendung erklärten sie, sich nicht für die jahrhundertelange Unterdrückung von Frauen verantwortlich zu fühlen, man dürfe aber auch die Männer der damaligen Zeit nicht verurteilen, da sie nur im Geist ihrer Epoche gelebt hätten. Viele dieser Männer hätten Frauen geliebt und respektiert, obwohl einige unter dem Joch bösartiger Ehefrauen zu leiden hatten. Red und Darius nahmen kein Blatt vor den Mund und schienen ein angeborenes Talent für Talkshows zu haben. Jedes Mal, wenn der Moderator ihnen Sexismus vorwarf und sie an die gegen Frauen verübte Gewalt erinnerte, erklärten Red und Darius mit fröhlicher Offenheit ihre Liebe zum schönen Geschlecht. Darius schloss mit der Aufforderung an alle Frauen, sich der Bewegung anzuschließen. Als Red ihn später fragte, warum er das getan habe, antwortete er:

»Keine Ahnung. Es ist einfach so über mich gekommen.«

Alles kam »einfach so« seit ihrem ersten Gespräch zu diesem Thema vor dem Honolulu, und alles passte auf wunderbare Weise zusammen. Nach der Sendung traten auch Frauen der Gruppe »Wir Männer!« bei und forderten einen »entspannten Feminismus«. Einige militante Damen gingen sogar noch weiter, unter ihnen eine Gruppe englischer Studentinnen, die das Recht forderte, »ausgehaltene Frauen« werden zu dürfen. Angesichts steigender Zwänge am Arbeitsmarkt sei dies ihrer Meinung nach eine erstrebenswertere Lebensform. Die Anzahl der Artikel in der Presse wuchs, und die Zuspitzung der »Großen Anomalie« trug ebenfalls zu diesem Phänomen bei. Und auch die Artikel über das Privatleben bestimmter Männer in einigen Boulevardblättern stärkten die Solidarität unter den Angegriffenen. Die Welle der Enthüllungen fachte nicht nur Konflikte an, sondern förderte auch das Bedürfnis, eine Gemeinschaft zu bilden und sich zu verteidigen. So kam es, dass Hunderte professioneller Netzmanager, Publizisten und Anwälte auf »Wir Männer!« aufmerksam wurden und ihnen ihre Dienste anboten.

Nach reiflicher Überlegung hatten sich Red und Darius für *Valerie.com* entschieden, eine große Kommunikationsagentur in der Welt der Medien. Diese künstlerische Seite sagte ihnen eher zu als die Angebote der Manager, die bereit waren, ihre Seite zu kaufen, um sie danach zu verunstalten. Und so kam es, dass sie sich aus ihrer Vorstadt auf den Weg gemacht hatten, um Valerie M. im New Chic zu treffen. Nun saßen sie in den tiefen Sesseln des Goldenen Salons zwischen den grau gestreiften Wänden. Neben einigen Tischen hatte man lebensgroße Figuren von Deportierten platziert, um die »Pflicht zur Erinnerung« anzumahnen; das war zwar keineswegs lustig, aber die Stammkunden hatten sich inzwischen daran gewöhnt.

Eine Stunde später vertrauten Red und Darius Valerie die Verwaltung ihrer Angelegenheiten an. Diese Arbeitsteilung würde ihnen dabei helfen, ihre jugendliche Frische zu bewahren. Gemeinsam entwickelten sie die Strategie, ihr Anliegen nicht noch detaillierter zu verdeutlichen, sondern stattdessen weiterhin Seelenzustände, eigene Erlebnisse und die Rufe der Empörung zu sammeln, die in den sozialen Netzwerken von männlicher Verzweiflung zeugten. Lokale Gruppen sollten als Multiplikatoren fungieren, dabei aber ihre Eigenständigkeit behalten. Red und Darius sollten sich darauf beschränken, als Galionsfiguren der Bewegung in Erscheinung zu treten und entweder die Diskussion zu fokussieren oder eine witzige Note hinzuzufügen. Letzteres war vornehmlich Red zugedacht, weil er ohne zu erröten ausrufen konnte: »Wir Männer lieben große Brüste.« Der junge Iraker hingegen sollte mit seinen Appellen an die Frauen und mit seinen Aufrufen, den Frieden in den Familien zu wahren, eine gewisse Komponente von Weisheit einbringen. Zum Start der neuen Phase sollte demnächst ein Song der beiden Jungen aufgenommen werden, in den die populärsten Tweets und persönliche Ideen Eingang finden würden.

Weil der Champagner bereits Wirkung zeigte, bestanden Red und Darius darauf, ihrer neuen Kommunikationsberaterin den Anfang des Songs schon einmal vorzutragen. Sie stimmten sich auf den Rhythmus des Jazzpianisten ein, der in der Bar für Hintergrundmusik sorgte, blickten sich in die Augen und begannen mit halblauter Stimme eine Art Poetry Slam. Red rezitierte den ersten Vers:

Wir Männer wollen uns nicht mehr schämen …

Geschickt fiel Darius ein:

Es sind die Worte der Frauen, die uns lähmen.

Im Takt des Pianos verlegte Red sich auf Schlüpfrigkeiten:

Uns Männer macht schon eine Kleinigkeit froh
Uns gefällt halt ein hübscher Mädchenpopo!

Darius blieb etwas poetischer:

Wir schätzen die Freiheit und die Frau als Mama …
Doch ein Vater ist nicht nur für den Unterhalt da …

Zu Beginn klangen sie noch schüchtern, stellten aber schnell fest, dass Valerie ihnen hinter ihrer schwarzen Sonnenbrille aufmerksam lauschte. Als sie zunehmend selbstbewusst die Köpfe hoben, blickten sie in die gebannten Augen von Bankern, Presseattachés, Schauspielern und Top-Models, die der Rhythmus des Sprechgesangs unmerklich gefangen genommen hatte. Eine junge Frau hob die Hände und vollführte lautlos die Geste des Klatschens. Andere Kunden lächelten den Jungen zu, gefesselt von ihrer Frische. Aus diesen beiden würden sicher eines Tages Stars werden.

5

Ein galantes Rendezvous

Der erste geheime Ort, an dem Simon und Daisy sich trafen, war eine kleine Passage im Stadtzentrum, eine vergessene Galerie zwischen zwei Boulevards. Einige Jahre zuvor hatten sich in der glasüberdeckten Gasse einige indische Gastwirte etabliert. Hinter Vishnu-Statuen und geblümten Zeltplanen boten sie nicht nur preiswerte Mahlzeiten an, die auf das Personal der umliegenden Handwerksbetriebe zugeschnitten waren, man konnte hier auch eine kleine Pause einlegen, einen Kaffee trinken, orientalische Früchte kaufen oder sich in einem winzigen Verschlag die Haare schneiden lassen – alles unter einem Dach.

Daisy liebte diese Passage, weil es hier neben indischen Restaurants noch kleine altmodische Geschäfte gab, in denen die Zeit stehen geblieben schien. So fand man beispielsweise einen Hut- und Schirmhändler, dessen längst aus der Mode gekommene Modelle nicht aus chinesischen Fabriken stammten, sondern die Zeit in ihren alten staubigen Schachteln verschlafen hatten. Nur dann und wann verirrten sich noch Kenner hierher. Auch die griesgrämige Verkäuferin in ihrer grauen Bluse hätte gut in einen Film aus den 1950er-Jahren gepasst. Als sie den Laden verließen, bedankte sich Simon bei Daisy und flüsterte ihr ins Ohr:

»In diesem nostalgischen Ambiente fühle ich mich wie zu Hause. Ob es wohl daran liegt, dass es mich in die Schwarz-Weiß-Welt meiner Kindheit zurückversetzt?«

»Die damalige Zeit war weiß Gott kein Zuckerschlecken«, antwortete Daisy. »Haben Sie die Verkäuferin gesehen?«

Sie teilten die Vorliebe für Althergebrachtes. Bei der Journalistin handelte es sich dabei allerdings weniger um Kritik an der Moderne als vielmehr um eine Verzückung angesichts großstädtischer Kontraste. Zärtlich griff sie nach Simons Hand und zog ihn tiefer in die Galerie hinein. In einem indischen Bistro setzten sie sich an einen Tisch. Simon wusste es zu schätzen, dass sie sofort bedient wurden, ganz wie früher in den Cafés.

»Die Vergangenheit gehört uns für immer. Die Zukunft hingegen ist uns feindlich gesinnt, weil sie uns irgendwann unterwegs zurücklässt.«

Daisy trank einen Schluck, ehe sie antwortete:

»Immer stellen Sie Vergangenheit und Zukunft einander gegenüber! Mir gefällt der geheimnisvolle Einklang zwischen den verschiedenen Epochen: die altmodischen Regenschirme und die Angestellten der umliegenden Handwerksbetriebe; die Glasbedachung von 1900 und die indischen Einwanderer. Sogar die Geografie amüsiert sich in dieser Galerie. Es gibt ein Restaurant mit Punjab-Küche, einen türkischen Frisör und Melonen-Hüte aus England.«

»Nicht zu vergessen diese Fenster«, fügte Simon hinzu und wies nach oben. Im oberen Bereich der Passage reihten sich echte, mit Fensterläden versehene Fenster über den Geschäften aneinander, ein Detail, das ihm ganz besonders gefiel.

»Dort oben müsste man wohnen. Dann würde man jeden Morgen seine Fenster zur Galerie hin öffnen und ganz in dieser geheimnisvollen Welt im Herzen der Stadt leben …«

Daisy fügte hinzu:

»Es gibt noch etwas Besseres.« Sie schwenkte ihr Smartphone. »Schauen Sie sich das an! Hier kann uns nichts passieren. Wir sind geschützt. Zwischen diesen Mauern hier findet die ›Große Anomalie‹ nicht statt.«

Simon lächelte sie glücklich an. Sie verließen die Galerie der Inder, und Daisy sagte streng:

»Das nächste Mal müssen Sie mich überraschen, Monsieur Laroche.«

Daisy hatte ihn aufgefordert, sich den Kopf zu zerbrechen. Sie hatte Simons heimliche Sehnsüchte erkannt und ihn in die altmodische Passage geführt, noch mehr Nostalgie wäre also des Guten zu viel. Simon beschloss, bei ihrem nächsten Treffen mit ihr ins Kino zu gehen, und zwar in einen neuen Science-Fiction-Film, der erst vor wenigen Tagen angelaufen war.

Der große, im Art-déco-Stil gehaltene Kinosaal schien den Bulldozern entronnen zu sein, die Eintrittskarte hingegen erhielt man nur über einen interaktiven Bildschirm. Automaten hatten die Eisverkäufer ersetzt, und die Zuschauer deckten sich mit beängstigenden Mengen an Popcorn ein, ehe sie mit der Rolltreppe nach oben fuhren. Diese amerikanischen Sitten erbitterten Simon, trotzdem sah er sich, wie er Daisy gestand, die großen Hollywood-Produktionen mit den Augen eines Kindes an. Und mehr als alles andere liebte er solche Filme, bei denen er ins Träumen geriet, in denen es um fantastische Städte und um Reisen auf ferne Planeten ging, zu denen die Menschheit außer im Kino nie Zugang bekommen würde.

Anderthalb Stunden lang schien Daisy das Vergnügen zu teilen, vor allem, als die beiden verliebten Protagonisten, am Ende ihrer Abenteuer und nachdem ihr Planet zerstört worden war, in einer bukolischen Landschaft eine neue Kolonie gründeten. Es mochte naiv sein, aber am Ausgang schenkte Simon der Journalistin einen verklärten Blick, und als wolle er seinen intellektuellen Freunden Kontra geben, schwärmte er:

»Das ist Kino, oder?«

»*Auch das* ist Kino«, nickte Daisy, ehe sie hinzufügte:

»Aber das war eher was für Jungen!«

Seite an Seite schlenderten sie unter den Laternen dahin. Ihre Körper kamen sich angenehm nah. Mit gespielter Entrüstung fragte Simon:

»Wie meinen Sie das – ›für Jungen‹? Glauben Sie, dass Jungen und Mädchen unterschiedliche Geschmäcker haben? Sie vergessen wohl die Genderforschung.«

»Bitte keine großen Worte«, schnitt Daisy ihm das Wort ab.

Ihr drittes Treffen fand in der Oper statt, wo *Ariane auf Naxos* von Richard Strauss gegeben wurde, was sie beide noch nicht kannten. Daisy liebte das Temperament und die Komik der Oper, vor allem die Szene mit den italienischen Sängern, die gleichzeitig lustig und wunderbar lyrisch waren. Simon, der äußerst zufrieden war, Plätze in der ersten Reihe bekommen zu haben, genoss vor allem die Musik, die ihn fast in Ekstase versetzte. In der Pause verunsicherte ihn der Anblick zweier bekannter Gesichter, und er fürchtete, sein Opernbesuch könnte Anna zu Ohren kommen. Um seine Abwesenheit zu rechtfertigen, hatte er von einem »Wohltätigkeitsabend« gesprochen, den er besuchen müsse, um seinen Ruf wiederherzustellen. Er hatte gelogen, was in fünfzehn Jahren Ehe noch nicht häufig vorgekommen war, aber er verspürte nicht das geringste Schuldbewusstsein und verlängerte den Abend über Mitternacht hinaus mit einer Austernplatte. Als er Daisy zum Taxistand begleitete, schmiegten sie sich aneinander, über jeden Zweifel erhaben, ein Liebespaar zu sein.

Das waren sie im eigentlichen Wortsinn aber noch nicht. Beim Abschied fragte Simon Daisy, wann sie endlich einmal eine ganze Nacht zusammen verbringen könnten.

»Vor allem für Sie dürfte das schwierig werden«, gab Daisy zurück. »Ich habe nie geheiratet, weil ich mich dadurch zu eingeengt fühlen würde. Und was Sie betrifft, so sind Sie doch schon mittendrin in der Posse.«

»Possen gibt es, seitdem es Menschen gibt«, sagte Simon. »Sie sind der Reichtum des Theaters – tausend Intrigen, betrogene Frauen, gehörnte Männer. Genau genommen ist es das Abenteuer der Menschheit.«

»Sie dürfen nur nicht glauben, ich wollte Sie Ihrer Ehefrau entfremden«, meinte Daisy.

»Das Problem ist, dass die heutigen Paare an die große Liebe glauben wollen«, sagte Simon. »Sie sind eben mit Herz-Schmerz-Filmen aufgewachsen. Früher gab man sich solchen romantischen Illusionen nicht hin. Nach ein paar Jahren Ehe nahmen sich die Männer eine Mätresse und die Frauen einen Liebhaber, was sie im Übrigen nicht daran hinderte, gute Eheleute zu bleiben.«

»War das besser als heutzutage?«, fragte Daisy.

»Es war erstens natürlicher und zweitens viel einfacher.

Heute ist es fast unmöglich geworden, fremdzugehen. Ein Fehltritt führt sofort zur Scheidung und zu Unterhaltsforderungen. Prostitution ist verboten. Und was das Internet mit seinen schweinischen Fotos angeht, so gehört das wohl auch bald der Vergangenheit an.«

»Ach, ihr Ärmsten!«, neckte Daisy.

»Nein, denn es gibt ja Sie!«, erklärte Simon und stellte gleich anschließend richtig:

»Nein, *seit* es Sie gibt. Denn Sie sind ganz anders als alle anderen. Denken Sie doch nur daran, dass wir uns tatsächlich noch immer siezen.«

»Richtig, Monsieur«, bestätigte Daisy. »Aber kehren wir noch einmal zu unserer Ausgangsfrage zurück: Wann gewähren Sie mir eine ganze Nacht der Freiheit?«

6

Warten im Kabinett

Der Vorsitzende der KoföF wartete im dunkelblauen Anzug mit purpurfarbener Krawatte geduldig im Vorzimmer des Staatssekretärs. An den mit goldenem Stuck verzierten Wänden aus dem 18. Jahrhundert zeugten zwei kunterbunte Leinwände vom Faible des Ministers für abstrakte Malerei.

Simon fühlte sich zurückversetzt in eine Zeit, in der er noch um Audienzen gebeten hatte, um Aufmerksamkeit zu bekommen. Seine Anwesenheit an diesem Tag sollte hingegen dazu führen, dass man ihn in Ruhe ließ oder, noch besser, ganz vergaß. Nach drei Wochen Krise hatte Ingrid schließlich einen Termin beim Staatssekretär für ihn vereinbaren können, und Simon hoffte, die Angelegenheit endlich beilegen zu können. Tatsächlich war der Shitstorm irgendwann abgeflaut, obwohl einige Übereifrige noch immer eine Entschuldigung bei den Frauen und Schwulen von Simon forderten. Aber die Regierung musste sich derzeit mit ganz anderen Problemen herumschlagen. Die »Große Anomalie« beherrschte nach wie vor die Schlagzeilen, und als Spezialist für öffentliche Freiheit beabsichtigte Simon, eine Analyse dieses einschneidenden Vorkommnisses vorzunehmen, die möglicherweise dabei helfen konnte, seinen eigenen Fall unter den Teppich zu kehren.

Der verabredete Zeitpunkt war bereits seit zwanzig Minuten überschritten. Nervös wippte Simon mit dem Fuß. Bei seinem letzten Besuch im Ministerium hatte man ihn nur fünfzehn Minuten warten lassen. Schon als junger Mann hatte er gelernt, seinen sozialen Aufstieg anhand der jeweiligen Wartezeit zu messen. Der Glanzpunkt seiner Karriere war exakt der Tag gewesen, an dem er zum Vorsitzenden der Kommission berufen worden war. Es war das einzige Mal, dass er überhaupt nicht hatte warten müssen. Und offensichtlich befand er sich seither auf dem absteigenden Ast.

An diesem Morgen hatten wieder Zehntausende Internetuser auf der ganzen Welt neue Indiskretionen in ihren Mailboxen entdeckt, die schon bald den Schwarzmarkt intimer Geheimnisse überschwemmen würden. Dort wurden Laster abhängig vom jeweiligen Bekannthcitsgrad des Betreffenden gehandelt. Ungeachtet aller Proteste gegen den Vertrauensbruch schlachteten die Medien die Fälle immer ungenierter aus. Jeden Tag gab es neuen Stoff für die Rubrik »Vermischtes«. Am Tag zuvor war der Vertreter des amerikanischen Finanzministers seiner Leidenschaft für Glücksspiele überführt worden, mit denen er den Großteil seiner Zeit verbrachte. In Frankreich hatte man einen Imam nach der Veröffentlichung von Fotos gelyncht, die ihn bei Orgien mit viel Wein und beim Vernaschen von Jungfrauen zeigten.

Was die Erklärungsversuche der Katastrophe betraf, war man hingegen keinen Schritt weitergekommen. Nach wie vor gab es drei Hypothesen:

1. Es handelte sich um einen außer Kontrolle geratenen Hackerangriff.

2. Ein Softwarehersteller versuchte, die Menschen in Panik zu versetzen, ehe er ein neues Schutzprogramm auf den Markt brachte.

3. Es war tatsächlich eine echte Anomalie im Bereich der Datenübertragung.

Da jedoch keine der Thesen in irgendeiner Art untermauert werden konnte, hielt Simon sich an den Vorschlag, den er Ingrid gegenüber am Telefon verteidigt hatte: Der Staat müsse alle privaten Quellen für *illegal* erklären, jede Enthüllung bestrafen und jegliche Recherche auf der Grundlage solcher Enthüllungen verbieten. Unabhängig davon, ob es sich um Scheidungen, Unterschlagungen oder Sexualdelikte handelte, *dürfe es keine Ausnahme von dieser Regelung geben*. Im Gegenteil: Der Ernst der Lage müsse zur Folge haben, die individuelle Freiheit des Privatlebens wieder als vorrangig zu betrachten. Jeden Tag saß Simon am Schreibtisch, setzte Berichte auf und erfüllte seinen Auftrag mit einem Eifer, den er während der vergangenen Monate nur selten an den Tag gelegt hatte. Unglücklicherweise blieben die Berichte auf der Festplatte seines Computers, denn er war zum Schweigen verdammt, obwohl er darauf brannte, sich nützlich zu machen.

Fünfundzwanzig Minuten nach dem vereinbarten Termin kam endlich ein Amtsdiener. Simons Erleichterung verwandelte sich jedoch schnell in Überraschung.

»Aus Sicherheitsgründen muss ich Sie bitten, mir Ihr Telefon anzuvertrauen, Monsieur. Es handelt sich um eine Anweisung des Herrn Ministers, um möglicher Indiskretion vorzubeugen. Angesichts der Ereignisse …«

Simon musterte den Amtsdiener. Betrafen diese Vorsichtsmaßnahmen ausschließlich ihn? Er reichte dem Mann das Gerät und scherzte:

»Glaubt der Staatssekretär allen Ernstes, dass ich versuche, ihn auszuspionieren?«

Der Amtsdiener ging ungerührt ihm voraus zu der großen vertäfelten Tür, wo bereits die nächste Überraschung auf Simon wartete: Aus dem Büro auf der anderen Seite erklangen dumpf pulsierende Heavy-Metal-Töne. Fragend blickte Simon den Amtsdiener an, der sich jedoch damit begnügte, die Türflügel zu öffnen. Das riesengroße Büro lag in tiefer Dunkelheit, alle Fensterläden waren geschlossen, lediglich eine kleine Schreibtischlampe sorgte für schwache Beleuchtung. Die Wände schienen unter dem Wummern von Bässen und Schlagzeug zu beben.

Simon zögerte kurz. Die seltsame Inszenierung rückte die ganz alltäglichen Einzelheiten fast in den Hintergrund. Inmitten des Lärms und der Dunkelheit saß der Staatssekretär an seinem Schreibtisch und unterzeichnete Dokumente aus seiner Unterschriftenmappe. Ingrid, die ebenfalls anwesend war, stand auf und begrüßte Simon just in dem Augenblick, als eine Salve elektronischer Akkorde aus den beiden auf Podesten platzierten Lautsprechern drang. Ingrid war nicht besonders groß, hatte kurz geschnittenes Haar und trug ein Ensemble aus Leder. Sie arbeitete mit der Energie und der Geschwindigkeit, die Frauen im Zentrum der Macht oft auszeichnet. Als sie Simons beunruhigten Blick bemerkte, schrie sie über den Lärm hinweg:

»Der Staatssekretär wird es dir gleich erklären.«

Simon trat an den Schreibtisch. Der Minister erhob sich,

reichte ihm die Hand und donnerte mit volltönender Stimme:

»ZWEI KOLLEGEN HABEN SICH BEI EINEM PRIVATGESPRÄCH ERWISCHEN LASSEN. DIE GROSSE ANOMALIE MACHT UNS ALLE ZUNEHMEND MISSTRAUISCH.«

Er deutete auf die Lautsprecher:

»WÄHREND MEINER TERMINE LÄUFT STÄNDIG DIESE MUSIK. AUF DIESE WEISE KANN NIEMAND MEINE AUSSAGEN AUFZEICHNEN.«

Danach wies er auf die Funzel auf seinem Schreibtisch:

»INZWISCHEN ARBEITE ICH LIEBER BEI DUNKELHEIT. ZUR VERMEIDUNG INDISKRETER FOTOS.«

Ingrid und Simon ließen sich gegenüber dem Schreibtisch, einem vollständig transparenten Plastikmöbel, nieder. Der Minister selbst, der schon in sehr jungen Jahren zur Politik gekommen war, wirkte mit seinem gebräunten Gesicht und dem tiefschwarzen Haar wie ein Dressman mit Modelkörper. In Gegenwart von Simon Laroche legte er allerdings Wert auf ein gewisses intellektuelles Niveau. Selbst wenn er seine Entscheidung längst getroffen hätte, war ihm doch klar, dass sein Gesprächspartner einer Ethikkommission vorstand, deren Aufgabe darin bestand, ihn mit wichtigen Details zu versorgen. Er befand sich also in gebildeter Gesellschaft, auch wenn die Musik ihn dazu zwang, lauter zu sprechen:

»MEIN LIEBER SIMON …«

Gebrüllt klang die Höflichkeitsfloskel irgendwie bizarr, aber der Minister fuhr fort:

»BEVOR ICH AUF DIE ANGELEGENHEIT ZU SPRECHEN KOMME, DIE UNS BESCHÄFTIGT, WÜSSTE

ICH GERN, WAS SIE VON DEN BREAKING NEWS HALTEN!«

Simon wusste bereits aus früheren Unterhaltungen, dass der Minister, der immerhin einen Abschluss in Geisteswissenschaften hatte, nicht in der Lage war, einen Satz ohne Anglizismen oder grammatikalische Fehler zu äußern.

»ICH MEI-NE DIE SA-CHE MIT DEM I-MAM!«, fuhr er fort, wobei er die Silben deutlich trennte.

Er sprach von der Lynchjustiz in Lyon. Ohne zu zögern antwortete Simon:

»Wahrscheinlich wissen Sie es bereits von Ingrid, aber ich persönlich bin dafür, die Privatsphäre strikt zu schützen …«

»WIE BITTE?«, fragte der Minister, der nicht alles verstanden hatte.

Simon warf einen verzweifelten Blick auf die Lautsprecher, ehe er es langsam und jedes Wort deutlich betonend erneut versuchte:

»Die Verbreitung VER-TRAU-LI-CHER Informationen ist IL-LE-GAL und es ist ein STRAF-TAT-BE-STAND, sie zu welchem Zweck auch immer zu NU-TZEN …«

Der Staatssekretär nickte und erkundigte sich:

»HABEN SIE IHR TELEFON ABGEGEBEN?«

»Natürlich«, antwortete Simon.

Der Minister griff zu einer Fernbedienung und richtete sie auf die Hi-Fi-Anlage, um die Lautstärke zu drosseln. Dabei murmelte er:

»Okay, ich vertraue Ihnen. Man versteht ja sein eigenes Wort nicht.«

Etwas heiterer fuhr er fort:

»Sicher ist Ihnen klar, dass Ihre Ansicht nicht von allen geteilt wird. Gewisse militante Kreise, viele Feministinnen und auch religiöse Traditionalisten sehen in dieser Katastrophe eine Challenge und eine Möglichkeit, mehr Transparenz zu fordern.«

Ingrid meldete sich zu Wort:

»Wenn ich mir erlauben darf, Herr Minister ...«

Sie nahm ihre Vermittlerrolle ernst und wollte auf die Fakten zu sprechen kommen:

»Genau das ist der Grund, warum viele Menschen eine solche Wut auf Simon haben. Indem sie ihn für einen ungeschickten Satz geißeln, zahlen sie ihm seine kompromisslose Haltung bezüglich der Privatsphäre heim.«

»Wie dem auch sei«, fuhr Simon fort, »die Forderung nach mehr Transparenz ist verrückt. Heutzutage geht jede unserer Aktivitäten durch digitale Netze, angefangen bei ganz normalen Telefonaten. Wenn man die Forderung akzeptiert, muss man sich darüber im Klaren sein, dass unser gesamtes Leben öffentlich einsehbar wird.«

»Davon kann ich ein Lied singen«, nickte der Staatssekretär. »Ich kann keinen Satz mehr äußern, ohne eine Entgleisung zu fürchten, und muss jedes Wort auf die Goldwaage legen. Ich will damit sagen, dass ich Sie verstehe.«

So viel Solidarität hatte Simon nicht erwartet. Leider war die Illusion nur von kurzer Dauer:

»Aber ob wir wollen oder nicht, wir leben in einer Demokratie von Meinungen und werden manchmal von gewissen Polemiken eingeholt. Meine Aufgabe ist es, wieder Ruhe in die Angelegenheit zu bringen.«

Betreten blickte Ingrid ihren Freund an:

»Aus diesem Grund sind wir der Ansicht, mein lieber Simon, dass du dich entschuldigen solltest. Und zwar eindeutig.«

»Für einen missverstandenen Satz?«, wandte Simon düster ein. »Den ich auch noch unter Ausschluss der Öffentlichkeit geäußert habe? Dann bin also ich schuld an der ganzen Angelegenheit, und nicht etwa derjenige, der die Aufzeichnung ins Netz gestellt hat?«

»Wir haben keine andere Wahl. Es geht um die Belange von Frauen.«

»Aber danach fragt doch inzwischen kaum noch jemand.«

Der Tonfall des Ministers wurde autoritär.

»Hören Sie, Simon, entweder Sie entschuldigen sich oder Sie treten zurück. So einfach ist das! Ich weiß natürlich auch, dass die Leute heute ganz andere Sorgen haben, aber Ihre Feinde werden sicher nicht klein beigeben. Und wenn solche Geschichten Wellen schlagen, sind Sie es, den es am Ende von den Füßen reißt.«

Die Fakten lagen auf dem Tisch. Ganz gleich, wie Simon sich verhielt – er würde sein Leben lang diese Sätze wie ein Brandzeichen mit sich herumtragen: »Jaja, die Belange von Frauen! Und die Belange von Schwulen! Manchmal habe ich diese Hektiker satt, die sich über längst gewonnene Schlachten ereifern!« Er überlegte einen Augenblick, ehe er antwortete:

»Ich verstehe Ihren Standpunkt, Herr Staatssekretär, und ich weiß auch, dass ich Sie in Schwierigkeiten gebracht habe, auch wenn das keineswegs in meiner Absicht lag. Aber bitte erwägen Sie meinen Vorschlag, der für meine eigene Angelegenheit ebenso gilt wie für alle anderen. Man sollte sich nie rechtfertigen müssen – egal, ob man sich im Privatleben auf unmoralische Weise äußert oder auf nicht jugendfreien Seiten surft.«

»Ich bitte Sie, Laroche!«

»Natürlich hat es schon einige andere erwischt, die wegen eines falschen Wortes aus ihrer Partei ausgeschlossen wurden. Und der Druck steigt immer weiter. Aber genau aus diesem Grund sollten wir uns unerschütterlich zeigen. Das Einzige, was bei einer öffentlichen Person zählt, ist ihr öffentliches Auftreten. Niemand muss sich entschuldigen. Man sollte diesen obszönen Druck der Indiskretion einfach abschmettern.«

Aber sein Gesprächspartner hörte nicht mehr zu. Ungerührt starrte er Simon an, griff nach der Fernbedienung und erhöhte die Lautstärke. Simon musste seine Darlegung vor den ohrenbetäubenden Klängen von AC/DC beenden. Ingrid brachte schreiend ein letztes Argument an:

»MIR WILL ALLERDINGS SCHEINEN, DASS DIESER DEN EMPFEHLUNGEN DER UNO ENTSPRECHENDE WEG DURCHAUS ALS VORBILD FÜR ANDERE LÄNDER DIENEN KÖNNTE.«

Sie spielte die Karte der Größe der Nation aus, doch der Staatssekretär blieb schweigsam. Schließlich stellte er die Musik erneut leiser und sagte in vertraulichem Ton:

»Mein Entschluss steht fest, wenn auch nicht leichten Herzens. Ich muss Vorsicht walten lassen. Wissen Sie, es ist nicht mehr so einfach, mächtig zu sein. Man bekommt keine Dienstwohnung mehr, muss einfache Autos fahren wie alle anderen auch, so tun, als arbeite man während der Ferien und jedes Wort auf die Goldwaage legen. Sie können sich also vorstellen, dass ich Sie sehr gut verstehe. Aber wir müssen auch mit der Zeit gehen und dürfen keinen Fantasiegebilden nachjagen. Und daher, lieber Simon, gibt es keine andere Möglichkeit: Entweder, Sie entschuldigen sich so bald wie möglich, oder wir müssen Sie ersetzen. Und nun gehen Sie. Ich habe zu arbeiten.«

Simon begleitete Ingrid bis zu ihrem Büro. Sie fügte sich der Entscheidung ihres Vorgesetzten.

»Gut, dann verfasst du jetzt also deine öffentliche Entschuldigung. Stell dir vor, es ist ein Zahnarztbesuch: nicht mehr als ein kurzer, unangenehmer Moment.«

Simon betrachtete sie schweigend, ehe er sich für ihre Hilfe bedankte. Aber noch immer war er nicht bereit, sich vor der Öffentlichkeit zu demütigen. So wie es aussah, würde er seinen beneidenswerten Posten und alle damit verbundenen Vorteile verlieren, woraufhin seine Frau ihn verlassen, er die Achtung seiner Familie verlieren und schließlich ernsthafte Geldsorgen haben würde. Trotzdem war ihm merkwürdig leicht zumute. Die rosa blühenden Kastanien auf der Straße sahen feierlich aus. Simon ging einfach der Nase nach. Irgendwann setzte er sich auf einem kleinen Platz auf eine Bank und sah Leuten zu, die sich sonnten und Vögel fütterten. Als er einen Blick auf die Uhr warf, stellte er fest, dass es Zeit für sein Treffen mit Daisy war. Nichts anderes zählte. Er war verliebt.

7

Natascha

Das Hotel *Frédéric* lag versteckt am Ende einer Passage, deren Eingang sich unmittelbar hinter einer Baustelle befand. Dort wurde ein großes Kaufhaus renoviert, und man musste unter dem Gerüst durchtauchen, um den von der Zeit vergessenen Durchgang zu finden.

Seit seinem ersten Rendezvous mit Daisy im indischen Café streunte Simon gern durch die überdachten Gässchen. Am besten gefiel ihm die *Passage de l'Horloge* mit ihrem geometrisch gemusterten Marmorboden, ihrem Porzellangeschäft, dem Buchladen und der großen Uhr, der sie ihren Namen verdankte. Vor allem aber hatte er sich in das kleine Hotel verliebt, das sich an das Ende der Galerie schmiegte: Es war ein richtiges kleines Haus im Innern dieser abgeschlossenen Welt, die durch ein Glasdach vor zu grellem Licht geschützt war. Über drei Stufen erreichte man einen hübsch mit einem Klavier und einigen Sesseln eingerichteten Vorraum, an dessen Ende eine Wendeltreppe zum Empfang hinaufführte. Das Häuschen wirkte so verzaubert, dass Simon sich eines Tages entschloss, einzutreten. Er besichtigte einige Zimmer von altmodischem Charme und beschloss, das Hotel *Frédéric* zu seinem Liebesnest zu machen.

Am Vorabend hatte er endlich dort angerufen und eines der Zimmer in der ersten Etage reserviert. Ein wenig überrascht war er allerdings, als die Rezeptionistin ihn fragte:

»Dürfte ich den Grund Ihres Besuchs erfahren? Für unsere Statistik, wissen Sie!«

Weil Simon die Frage indiskret fand, begnügte er sich mit einem:

»Ich bin geschäftlich unterwegs.«

Ungerührt fuhr die Empfangsdame mit ihrem Fragenkatalog fort:

»Wünschen Sie einen personalisierten Empfang?«

»Was meinen Sie damit?«

»Gegen einen kleinen Aufpreis stellen wir Ihnen einen Obstkorb und eine halbe Flasche Champagner auf Ihr Zimmer, und Sie brauchen Ihr Zimmer erst um 14 Uhr anstatt um 11 Uhr zu räumen.«

Simon hielt das für eine gute Idee. Er gab seine Kreditkartennummer durch und rief Daisy an, um ihr das Programm für den nächsten Tag mitzuteilen: ein Essen im Restaurant und anschließend ein Besuch an einem eigens für sie ausgesuchten Ort. Daisy freute sich. Seit sie sich im Zug wiedergetroffen hatten, war nichts zu schnell gegangen: ein paar Blicke, ein paar Berührungen, ein paar Umarmungen und schließlich ein paar Küsse. Sie siezten sich nach wie vor. Aber jetzt inszenierte Simon ihre Liebesnacht.

Simon und Daisy trafen sich kurz nach seinem Termin mit dem Staatssekretär. Um seinen Ärger zu bagatellisieren, beschrieb er den in seiner Festung eingeschlossenen Minister mit viel Witz, erklärte jedoch, nicht zu einer Entschuldigung bereit zu sein. Daisy wurde ernst und bat ihn, noch einmal darüber nachzudenken:

»Möglicherweise retten Sie durch Ihre Entscheidung Ihre Würde, aber Sie verlieren Ihr Geld, Ihren Job und Ihre Stellung. Es wäre sehr unvernünftig.«

Simon seufzte. Daisy legte nach:

»Hat die Ehre, die Sie verteidigen, einen Wert für andere? Macht es Sinn, um einer edlen Haltung willen, die allen anderen egal ist, derart unangenehme Konsequenzen auf sich zu nehmen?«

»Aber für mich ist es wichtig. Und Ihnen gegenüber ebenfalls …«

Daisy lächelte verständnisvoll, ehe sie ein anderes Thema anschnitt:

»Was halten Sie übrigens von den beiden Spinnern?«

Simon warf ihr einen fragenden Blick zu. Sie erklärte:

»Sie kennen doch Red und Darius, die beiden Jungs aus den Vororten? Sie haben die Bewegung ›Wir Männer!‹ gegründet und ziehen ganz schön über den Zeitgeist her.«

Simon hatte einige Artikel über die beiden und ihren Blog gelesen, sich jedoch an die Kommentare gehalten, die den Jugendlichen schlechten Geschmack vorwarfen.

»Man sollte nicht alles durcheinanderwerfen. Ich halte mich für fortschrittlich«, rief er im Tonfall gekränkter Tugend.

Daisy warf ihm einen spöttischen Blick zu. Er fuhr fort:

»Ich bin durchaus nicht gegen alles Moderne. Nur gegen Übertreibungen. Und wenn ich einen Scherz über gewisse exaltierte Frauen gemacht habe – ganz privat wohlgemerkt! –, heißt das noch lange nicht, dass ich eine frauenfeindliche Einstellung habe und mich am Aufstand der Spießer beteilige.«

Daisy wandte ein:

»Trotzdem sind diese Damen Ihnen alles andere als wohlgesonnen und fordern Ihre Entlassung. Also, ich finde diese beiden Störenfriede ganz amüsant.«

Simon klammerte sich an seine Beamtenehre.

»Ich werde mich bei Gelegenheit näher damit beschäftigen«, sagte er.

Es war schon nach 23 Uhr, als sie die *Passage de l'Horloge* erreichten, wo Daisy schon seit Jahren nicht mehr gewesen war. Aber sie erinnerte sich noch an die Fassade des kleinen Hotels, das auch sie zum Träumen gebracht hatte. Auf dem Weg durch den Vorraum berührte sie das Klavier, auf dem eine Partitur von Chopin lag. Dann folgte sie Simon über die Wendeltreppe nach oben. Als sie Hand in Hand vor der Rezeption in der ersten Etage standen, hätte man sie für zwei Heranwachsende halten können, die die Liebe entdecken wollen.

Das Zimmer mit seinen gestreiften Stoffen, bestickten Vorhängen und Lorbeerkränzen schien aus dem Empire zu stammen. Daisy bewunderte die Uhr auf dem Kaminsims, deren Figuren aus Elfenbein geschnitzt waren. Gemeinsam erfüllten sie sich ihren bescheidenen Traum. Sie öffneten das Fenster zur Passage hin, beugten sich in das kleine, vor der Welt geschützte Gässchen hinaus und betrachteten die Reihe der kleinen Läden und den schwarz-weißen Boden. Nur wenige Passanten waren noch unterwegs, denn um Mitternacht wurden die Gitter der Passage geschlossen.

Obstkorb und gekühlter Champagner standen bereit, der Service war wirklich perfekt. Ein großer Flachbildschirm summte dezent. Über einen bunten Hintergrund flimmerten die Worte »Herzlich willkommen, Simon Laroche«. Fast tat es Simon leid, dass er nicht auch den Namen seiner Begleiterin angegeben hatte, um sie auf diese Weise willkommen zu heißen. Aber sie hätte dieses Ansinnen vielleicht indiskret gefunden. Simon griff zur Fernbedienung und betätigte den Pfeil, um den Rest der Willkommensbotschaft zu lesen.

Sofort erschien ein obszönes Bild. Glänzend, ja fast ölig, war zunächst viel rosige, nackte, menschliche Haut zu sehen. Gleichzeitig drangen sehnsüchtige Seufzer und lustvolles Stöhnen aus den Lautsprechern des Fernsehers. Langsam wurde das Bild schärfer. Eine gänzlich unbekleidete, blonde, noch sehr junge Frau lag mit gespreizten Beinen in der Geborgenheit einer Datscha. Mit einer Hand bedeckte sie ihr Geschlecht, mit der anderen liebkoste sie ihre Brüste. Sie sprach mit rollendem »R«:

»Hallo, Simon. Errrkennst du mich?«

Natürlich hatte er sie sofort erkannt. Es war Natascha, seine Lieblings-Russenpuppe ... Nur, dass es sich in diesem Fall nicht mehr nur um ein Foto auf dem Computer handelte, sondern um ein animiertes Bild, das ihn ausdrücklich ansprach:

»Ja, ich bin es. Deine Natascha. Wir beide werrrden heute viel Spaß miteinanderrr haben.«

Sie stöhnte erneut. Simon verharrte wie gelähmt vor dem Bildschirm, wie in einem jener Albträume, in denen die Angst einen an der Flucht hindert. Daisy stand mit aufgerissenen Augen neben ihm und verstand nicht, was vor sich ging. Hatte Simon das alles etwa inszeniert? Mit bewusst harmloser Stimme erkundigte sie sich:

»Was hat das zu bedeuten, mein lieber Simon?«

Immer noch regungslos stammelte Simon:

»Das muss ein Irrtum sein.«

Er drehte sich zu Daisy um und flehte sie an:

»Ich hoffe doch sehr, dass Sie nichts davon glauben …«

Aber hier ging es nicht um Glauben, sondern um Sehen. Weil er irgendwie reagieren wollte, trat Simon einen Schritt vor, um sich zwischen Daisy und Natascha zu stellen, die immer weiterstöhnte:

»Los, du kleines Ferrrkel, zieh dich endlich aus.«

Daisy tat ihr Bestes, um Simon zu beruhigen.

»Natürlich glaube ich nichts davon. Aber vielleicht waren Sie ja schon einmal hier … in einsamen Nächten.«

»Keineswegs«, entrüstete sich Simon.

»Ich versuche doch nur, eine Erklärung zu finden«, sagte Daisy zärtlich.

»Das ist sicher der sogenannte ›personalisierte Empfang‹«, meinte Simon. »Es war vermutlich ein Fehler, mich als Geschäftsmann auf der Durchreise auszugeben, daraufhin haben sie diese Obszönitäten eingespeist.«

Daisy blickte ihm direkt in die Augen, ehe sie mit leichter Ironie bemerkte:

»Dann stehen Sie also nicht auf diese Art vulgäre Blondine?«

Daisy war brünett und eher kultiviert. Aber wie hätte Simon zugeben sollen, dass die Frau auf dem Bildschirm nur ein Objekt der Begierde gewesen war?

Hinter ihnen redete Natascha weiter auf ihn ein. Ihre Stimme klang traurig, vermutlich um ihre russische Herkunft zu betonen (aber war es überhaupt ihre Stimme?):

»Lass mich nicht längerrr warrrten, ich bin schon ganz feucht!«

»Genug«, rief Simon. Endlich gelang es ihm, die Fernbedienung mit einer ungeschickten Bewegung zu aktivieren und den Bildschirm auszuschalten.

»Die Hotelleitung wird von mir hören!«, drohte er lautstark.

Daisy fiel eine andere Erklärung ein:

»Vielleicht ist es gar kein Fehler des Hotels. Seit der ›Anomalie‹ ist schon viel passiert.«

Es war nett gemeint. Aber Simon, der endlich Klarheit schaffen wollte, rief wutentbrannt an der Rezeption an.

»Was soll dieses abgeschmackte Zeug auf dem Bildschirm?«

»Davon weiß ich nichts«, wunderte sich die Dame am Empfang.

Mit ruhiger Stimme fügte sie hinzu:

»Der Empfangsservice ist aus Gründen des Datenschutzes automatisiert. Die Nummer Ihrer Kreditkarte gestattet es, im Netz persönliche Nachrichten zu finden, die sofort auf Ihr Zimmer geschickt werden. Bisher hatten wir noch nie Beschwerden.«

»Persönliche Nachrichten? Ich fürchte, Sie werden bald eine erhalten, und zwar von meinem Anwalt«, schrie Simon und knallte den Hörer auf die Gabel.

Mit jämmerlichem Gesicht drehte er sich zu Daisy um, die unwillkürlich lachen musste.

»Eine persönliche Nachricht? Das haben sie gesagt? Hören Sie, Simon, mir ist ziemlich egal, woher diese … Natascha kommt. Indiskretionen interessieren mich nicht.«

Simon senkte den Kopf wie ein geschlagener Hund:

»Das ist keine Indiskretion. Das ist irgendwelcher Mist.«

»Genau. Und jetzt beschäftigen wir uns vielleicht besser mit anderen Dingen.«

Mit diesen Worten schmiegte sie sich an ihn und Simon wurde klar, dass sie die Wahrheit sagte. Bereits beim ersten Treffen hatten sie ein Recht auf Geheimnisse vereinbart. Angesichts der Petition von »Wir Frauen!« legten sie beide großen Wert auf ihre jeweilige Privatsphäre, so heikel sie auch sein mochte. Weil er Natascha möglichst schnell vergessen wollte, zog Simon Daisy in seine Arme und begann, sie zu liebkosen. Der Moment schien gekommen – nur leider waren seine Gedanken nicht bei der Sache. Er fühlte sich zutiefst beschämt und empfand sich als verantwortlicher, aber schuldiger Mann. Um ihn zu ermutigen, versuchte sich Daisy spielerisch an einem slawischen Akzent:

»Komm schon, nimm mich!«

Sofort tauchte das Bild der beängstigend obszönen Russenpuppe vor Simons Augen auf. Er ließ die Arme sinken und murmelte:

»Tut mir leid, Daisy, aber ich fürchte, ich kann nicht.«

»Aber das ist doch nicht schlimm«, flüsterte die Journalistin.

Vielleicht hätte es genügt, ein wenig zu warten. Simon jedoch schien nur noch fortzuwollen:

»Ehrlich gesagt fühle ich mich nicht ganz wohl. Vielleicht sollten wir uns lieber an einem anderen Tag treffen. Ich begleite Sie zum Taxi.«

Sie hielt immer noch seine Hand. Er stammelte:

»Ich liebe Sie, wie ich schon lange niemanden mehr geliebt habe. Ich wollte, dass alles perfekt ist. Aber diese Bilder haben mich völlig aus dem Konzept gebracht.«

»Ich verstehe«, sagte sie.

Und dann küsste sie ihn innig.

Aber sie versuchte nicht, ihn umzustimmen. Gemeinsam gingen sie zum Ausgang der Passage. Kaum jedoch war Daisys Taxi abgefahren, da bereute Simon bereits, dass er sie hatte gehen lassen. Später in der Nacht hätte er vielleicht alles wiedergutmachen können. Warum war er so unbeholfen gewesen, als das Glück in greifbarer Nähe lag?

Simon musste ins Hotel zurück, denn die Ausrede, die er seiner Ehefrau aufgetischt hatte, verbot ihm, vor dem nächsten Abend nach Hause zurückzukehren. In seinem verhinderten Liebesnest standen noch immer der Obstkorb, die halbe Flasche Champagner und das große leere Bett. Vor allem der Fernseher schien ihn mit einer solchen Unverfrorenheit anzustarren, dass er ihn schließlich einschaltete, um ganz sicherzugehen. Wieder erschien Natascha auf dem Bildschirm – erfasst von seinem Internet-Konto, gedeckt von seiner Kreditkarte und als personalisierte Montage inszeniert, um dem vermeintlich Alleinreisenden einen erotischen Abend zu bescheren. War es wirklich eine »Anomalie«? Dort lag sie, vollständig nackt, einen Finger im Mund, bereit für die Lust:

»Du bist ja schon ganz heiß, Simon! Warrrte, ich besorrrge es dirrr!«

8

Sonntags wird gelächelt

Die ganze Nacht hatte Simon kein Auge zugetan, erst am frühen Morgen fiel er in einen unruhigen Schlaf. Als er am späten Vormittag erwachte, drang der lärmende Betrieb der Passage bis in sein Zimmer. Sein erster Gedanke galt Daisy. Er wählte ihre Nummer, legte aber sofort auf, weil ihm klar wurde, dass eine neuerliche Entschuldigung vielleicht nicht geschickt wäre. Wollte er seine Chancen bei ihr wahren, musste er ganz entspannt mit viel Taktgefühl und Humor an die Sache herangehen. Er beschwerte sich auch nicht bei der Rezeption, denn er fürchtete, dass anhand seiner Kreditkartennummer noch andere vertrauliche Informationen ans Tageslicht gelangen konnten.

Und so gab er lediglich den Schlüssel ab und mischte sich mit zerknittertem Anzug und wirrem Haar unter die Spaziergänger, die in der Passage die Schaufenster betrachteten. Aber der Charme des Gässchens hatte seine Wirkung verloren. Das Porzellangeschäft und der Stempelladen ließen ihn kalt. Ohne zu zögern schlug er den Weg zu seinem Büro ein, wo er sich die Zeit bis zu seiner Rückkehr nach Hause vertreiben wollte.

Der Palais National lag am anderen Ende der Altstadt. Schon immer hatte Simon dieses Viertel mit den pittoresken Straßennamen geliebt: rue du Coq, rue des Fariniers, rue Coupe-Gorge. Es gab natürlich weder Hähne noch Mehlhändler oder Halsabschneider, dafür jedoch viele Bistros, Gemischtwarenläden, Tanzstudios, Programmkinos und Fachbuchhandlungen. Aber hier wie überall machten sich auch neue Geschäfte breit. Anbieter von Markenkleidung, Sonnenbrillen und Handtaschen hatten die Hälfte aller Ladenlokale aufgekauft. An einer Straßenecke stand eine Absperrung mit der Aufschrift:

Autofreier Sonntag

Schon seit Jahren empfand der Vorsitzende der KoföF den Autoverkehr als Plage. Inzwischen war die Stadtverwaltung dazu übergegangen, Fahrrädern und Straßenbahnen einen höheren Stellenwert beizumessen. Hinzu kamen kleine Bimmelbahnen für Touristen, die das historische Viertel in eine Art Freizeitpark verwandelten. Simon Laroche, der sich immer noch angeschlagen fühlte, fand dieses neue Flair schrecklich. Er hasste die Maßnahmen, die der Stadt ihre geschäftige und emsige Aktivität nahmen. Zu beiden Seiten der Schranke standen städtische Beamte, deren T-Shirts den Aufdruck trugen:

Sonntags wird gelächelt!

Die Straße selbst war schwarz vor Menschen. Eine unübersehbare Menge an Fußgängern, Kinderwagen, Fahrrädern, Tretrollern, Inlinern und Rollstühlen tummelte sich auf Fahrbahn und Gehweg. Alle liefen, glitten oder telefonierten vor den Geschäften, wo immer die gleiche zwar vielfältige, aber dennoch monotone Ware verkauft wurde: Hosen von *Boys and Girls*, Westen von *Hello Fun*, Strumpfhosen der Marke *Friends*, Kleider von *Loli and Lola*, Jeans von *Texas* und jede Menge anderes, in Asien fabriziertes Zeug mit englischem Namen. Größere Ladenlokale wurden von bekannteren Marken belegt und luden dazu ein, Sonnenbrillen von *Ray-Ban*, Kappen von *Nike*, T-Shirts von *Gap*, Kostüme von *Zara* und Schuhe von *Adidas* zu kaufen. Die Verkäufer hinter den makellos in Szene gesetzten Schaufenstern sahen aus wie der letzten Runde eines Castings entsprungen.

Wie schon vor einigen Wochen bei seiner Reise in die Provinz hatte Simon den Eindruck, sich nicht in einer Stadt, sondern in einem Supermarkt unter freiem Himmel zu befinden. Die Innenstädte schienen nur noch einigen wenigen, weltweit agierenden Firmen zu gehören. Gehsteige waren nichts weiter als eine Abfolge von Markenzeichen, und zwar immer der gleichen, in einer Stadt wie der anderen. Oberhalb der Gassen dieses riesenhaften Geschäfts schimmerten die Türme eines alten Schlosses in der Sonne, doch selbst dieses sandgestrahlte und renovierte Baudenkmal hatte etwas Künstliches an sich. An der nächsten Kreuzung hatte sich das ehemalige Fischgeschäft *La Belle Marée* mit seinen schönen alten Fischermosaiken in einen Smartphone-Laden verwandelt. In einem Kino aus den 1950er-Jahren befand sich ein Fitnessstudio, und hinter der noch intakten Fassade der kleinen Gemischtwarenhandlung verbarg sich ein Geschäft für ätherische Öle. Die alte Welt war immer noch da, beherbergte aber wie eine Theaterkulisse eine ganz und gar neue Welt. Simon lief durch diese Straße des bloßen Scheins und fühlte sich wie ein Lebewesen aus einer vergangenen Zeit.

Als ein Fahrradfahrer, der sich zwischen den Passanten hindurchschlängelte, ihn an der Schulter streifte und beinahe umwarf, explodierte Simon:

»Blödmann!«, schrie er den Radfahrer an. Der junge Mann drehte sich lächelnd um, als wolle er sagen:

»Nicht aufregen, Opa. Das Leben in einer autofreien Straße ist doch schön …«

Eine junge Frau in einem Jogginganzug strahlte Simon an, als wolle sie ihn auf den Befehl des Tages aufmerksam machen:

»Sonntags wird gelächelt!«

Das war keine Stadt mehr. Und auch kein Leben. Simon, der noch den Albtraum des Vorabends verdauen musste, hatte den Eindruck, gleich in den nächsten zu geraten. Alle Einwohner der Stadt schienen sich auf Befehl der Stadtverwaltung gleichzeitig versammelt zu haben, um dem lächelnden Sonntag, der Autofreiheit und den Weltmarken zu huldigen. Groß und Klein, Jung und Alt, Hetero und Homo, verschleierte Frauen und rasierte Glatzköpfe – niemand fehlte beim Appell. Junge Paare schoben riesige Kinderwagen vor sich her; andere, die es ein wenig lockerer nahmen, trugen ihre Babys auf dem Bauch oder dem Rücken; Jugendliche flitzten auf Inlinern durch die Menge, und Behinderte überholten alle anderen in ihren Hightech-Rollstühlen, den einzigen motorisierten Gefährten, die in der Fußgängerzone gestattet waren. Dank neuer Normen waren die Eingänge aller Läden so gebaut, dass man auch mit dem Rollstuhl hineinkonnte, um Klamotten und Sonnenbrillen zu finden, die dem Besitzer auch im Rolli eine sportliche Note verliehen.

Das war zweifelsohne ein Fortschritt. Simon konnte sich an seine früheste Kindheit erinnern, als Kriegsversehrte noch auf armseligen Holzkrücken umherhumpelten. Eigentlich hätte er sich über die barrierefreien Zugänge, über die motorisierten Rollis und über die stolzen und freien Körperbehinderten freuen müssen, ebenso wie über diese lebendige und transparente Welt. Er fragte sich, warum sein Eindruck ein ganz anderer war. Ihm war, als stapfe er in einer Armee von Robotern vorwärts, denen er zwar angehörte, in deren Gesellschaft er sich aber vollkommen fremd fühlte.

9

Wir Männer!

Die Glocken läuteten zum Mittag, als Simon den Palais National erreichte. Er verfügte über einen Zugangsausweis, der ihm das Betreten seines Büros auch an Sonntagen gestattete und wollte den Nachmittag dort verbringen. Gegen fünf würde er zu Anna zurückkehren und die armselige Komödie zu Ende spielen, indem er ihr von seinem Seminar über die »Große Anomalie« berichtete. Vor Daisy hatte er über den Charme des Doppellebens gesprochen, jetzt aber fühlte er sich doppelt schlecht. Nicht nur, dass er sich vor seiner Geliebten erniedrigt hatte, er sah sich obendrein gezwungen, seine Frau anzulügen. Warum nur endeten in letzter Zeit selbst die kleinsten seiner Aktionen in Katastrophen?

Er fühlte sich immer noch wie zerschlagen, hatte aber inzwischen Hunger und beschloss, eine Kleinigkeit zu essen, ehe er sein Büro betrat. In der näheren Umgebung hatte lediglich eine Pizzeria geöffnet. In deren Innenraum hing ein großer Bildschirm, über den Sport- und Musikprogramme flimmerten. Simon überlegte, ob Natascha erneut aufkreuzen und sich vor allen Gästen an ihn wenden würde. Allerdings war ihm klar, dass Katastrophen immer überraschend kamen und sich höchst selten zweimal auf die gleiche Weise wiederholten. Und so nahm er vergleichsweise angstfrei Platz, bestellte eine Pizza und verfolgte mit leerem Blick die Berichte über Fußballspiele, Autorennen und Tennismatches.

Nach den Sportnachrichten begann eine Magazinsendung. Simon pustete gerade in seinen glühend heißen Kaffee, als zwei junge Männer lächelnd die Bühne betraten und sich offensichtlich ihres Lebens freuten. Einer war rothaarig und dicklich, der Gürtel seiner viel zu großen Hose hing kurz über seinen Knien, der andere war ein hübscher, schlanker Orientale. Beide trugen das gleiche T-Shirt mit dem Aufdruck *Wir Männer!*. Das Publikum wurde unruhig. Der Moderator verkündete:

»Mir ist bewusst, dass die Ideen dieser beiden jungen Männer nicht jedem zusagen. Vielleicht treten sie mit ihrer Aktion ins Fettnäpfchen, aber sie bieten zumindest eine Diskussionsgrundlage. Bitte spenden Sie RED UND DARIUS Applaus!«

Simon erinnerte sich seines Gesprächs mit Daisy und war jetzt neugierig. Die Fans waren aufgesprungen und klatschten. Ein paar kritische Zuschauer begrüßten die jungen Männer mit lautstarken Pfiffen und feindlichen Mienen. Der Moderator musste lauter sprechen, um den Tumult zu übertönen.

»Tja, viele Frauen sind verärgert, aber ich kenne auch eine ganze Menge, die die Bewegung eines ›männlichen Widerstands‹ durchaus begrüßen«, erklärte er mit spöttischer Stimme. »Denn genau das verkündet ihr doch, nicht wahr?«, erkundigte er sich bei seinen beiden Interviewgästen, die jetzt neben ihm saßen.

»Richtig«, bestätigte der Rotschopf. »Alles fing mit diesem Manifest an, das Pornos verbieten wollte und mit den Worten ›Wir Frauen‹ startete.«

Ein kurzer Applaus aus dem Publikum schien die feministische Forderung gutzuheißen. Doch das brachte den orientalischen Schönling mit Namen Darius keineswegs aus der Fassung. Er fuhr fort:

»Wir fanden das einfach nur merkwürdig. Frauen nehmen sich die Freiheit, ihre Ansichten als Frauen zu vertreten, aber die Vorstellung, dass Männer wie Männer denken, erscheint ihnen indiskutabel.«

Der Rothaarige fügte hinzu:

»Seit der ›Großen Anomalie‹ ist es noch schlimmer geworden. Jeden Tag werden Männer in der Presse als Mistkerle, Besessene und Kriminelle diffamiert. Wir sind es leid, uns ständig erniedrigen zu lassen.«

Beifallskundgebungen und Pfeifkonzerte wechselten sich von einem Satz zum anderen ab. Simon stand diesem Medienspektakel einerseits ablehnend gegenüber, das alles zu verkaufen bereit war – inklusive dieser beiden Machokarikaturen, die sich gegen den Feminismus auflehnten. Andererseits gaben sich die beiden Jungen, wie Daisy bereits berichtet hatte, ziemlich kühn und verwegen. Darius, immer noch ruhig und lächelnd, fuhr fort:

»In den Augen vieler Frauen ist das männliche Geschlecht gleichbedeutend mit Gewalt und Perversion. Sie selbst jedoch stellen dem nur ihren Wunsch nach Dominanz entgegen.«

»Und wie geht ihr damit um?«, erkundigte sich der Moderator.

»Wir würden diesen Krieg gern beenden. Wir wünschen uns freudestrahlende Männer und glückliche Frauen.«

»Auf jeden Fall kann man mit Fug und Recht behaupten, dass euer Song für viel Wirbel sorgt!«, jubelte der Moderator.

»Was für ein Zirkus«, seufzte Simon.

Seit Monaten schon bemühte er sich, einen differenzierten Standpunkt zur Auseinandersetzung zwischen den Geschlechtern unters Volk zu bringen. Dabei hatte er ausgezeichnete Argumente gegen die Hetzjagd auf Anhänger der Pornografie ins Feld geführt. Das einzige Resultat seiner Mühe aber war, dass die Gesellschaft ihn wegen einer nicht ganz adäquaten Äußerung fallen ließ. Die beiden jungen Männer hingegen hatten sich ganz aufs Showgeschäft verlegt. Sie äußerten ihre Meinung auf karikaturistische Weise, aber ihre Worte entsprachen dem Zeitgeist, und deshalb wurden sie gehört und geachtet.

Musik setzte ein. Die beiden Vorstadtjungen standen auf und begannen mit dem Sprechgesang, der seit zwei Wochen die Spitzen sämtlicher Charts belegte. Rhythmisch stampfend sang der Rotschopf:

Wir Männer woll'n uns nicht mehr schämen …

Der Dunkelhaarige übernahm:

Es sind die Worte der Frauen, die uns lähmen.

Die beiden Stimmen wechselten sich ab. Ihre Färbung war unterschiedlich – die von Darius klang dunkler, die von Red ein wenig anzüglich:

Uns Männer macht schon eine Kleinigkeit froh

Uns gefällt halt ein hübscher Mädchenpopo!

Von Zeit zu Zeit lächelte Darius schüchtern ins Publikum, als wolle er sich für seinen Kumpel entschuldigen:

Wir Männer können schlecht
Moralismus ertragen.
Wir bau'n lieber Häuser
Als das Böse zu jagen.

Wieso kamen solch oberflächliche Botschaften bei den Leuten an, die von Simon aber nicht? Hatte er sich zu subtil ausgedrückt? Er gab es nicht gern zu, aber er war ein wenig eifersüchtig auf die beiden Sänger, die sich sichtlich wohlfühlten in einer Welt, die ihn ablehnte. Auf dem Bildschirm ging der Rap weiter, und Red setzte noch einen drauf:

Als Ehemänner fahr'n wir besoffen …

Darius äußerte sich politischer:

Als Staatsmänner woll'n wir nicht auf Quoten hoffen …

Das Publikum hielt es nicht länger auf den Sitzen. Wut und Begeisterung hielten sich die Waage. Red sang:

Wir Männer fänden es viel gesünder,
wär'n die Frauen immer zuständig für die Kinder!

»So ein Quatsch«, knurrte Simon getreu seiner gemäßigten Ansichten zum Feminismus, während der Rothaarige spitzbübisch in die Kamera zwinkerte:

»Schließlich haben sie sie gewollt!«

Der junge Orientale nahm wieder den Rhythmus auf:

Wir schätzen die Freiheit und die Frau als Mama ...
Doch ein Vater ist nicht nur für den Unterhalt da ...

Ärmliche Botschaft, ärmliche Reime! Simon hatte die Nase voll. Er hatte es eilig, zu seiner Bibliothek zu kommen, und hob die Hand zum Zeichen, dass man ihm die Rechnung brachte. Doch auch die Kellnerin stand ganz im Bann der Sendung. Simon wurde ungeduldig:

»Fräulein? Entschuldigen Sie bitte!«

Die Angestellte warf ihm einen bitterbösen Blick zu, der ihm zu verstehen gab: »Erstens bin ich nicht Ihre Sklavin, und zweitens bin ich kein Fräulein.« Betont langsam ging sie zur Kasse, während auf dem Bildschirm der große Dunkle zur letzten Strophe ansetzte:

Wir Männer, wir woll'n euch doch nur lieben
Sind gar nicht dauernd von Trieben getrieben ...
Liebt uns doch auch, das wäre schön,
Dann könnten wir miteinander geh'n ...

Bei den letzten Worten knallte die Kellnerin unwirsch die Rechnung auf den Tisch. Simon entschuldigte sich, ehe er bezahlte.

10

Simons Tod

Mit zunehmendem Alter dachte Simon manchmal an den Freitod. Die Vorteile lagen klar auf der Hand, zum Beispiel der, Krankheiten zu entkommen, die nach dem fünfzigsten Geburtstag bekanntlich häufiger auftreten und oft mit unangenehmen und unsicheren Behandlungsmethoden einhergehen. Aber die Aussicht auf den Tod ließ ihn gleichzeitig seiner Zeit gegenüber unnachsichtiger werden, als ob ihm eine negative Meinung über die Gegenwart helfen könne, im entscheidenden Augenblick nichts zu bereuen. Als junger Mann fand er die Vorstellung, jemand könnte nach ihm weiterleben, ausgesprochen betrüblich. Dies war auch der Grund dafür, dass er immer ein gewisses Verständnis für Bösewichte wie Hitler und Stalin an den Tag gelegt hatte: Sie hatten die Menschheit bei ihrem Absturz mitreißen wollen. So weit jedoch wollte Simon nicht gehen. Er träumte davon, eines Tages auszurufen: Ich verlasse euch ohne Reue, denn eure Zukunft steht für all das, was ich verabscheue. Seine Überzeugung, dass es mit der Welt bergab ging, schien eine biologische Reaktion zu sein, die alternden Menschen dabei half, ihr Verschwinden zu ertragen.

Unglücklicherweise erkannte Simon aber auch die Nachteile des Suizids. Die Wahl des Mittels erforderte eine deprimierende Suche, die mangels verlässlicher Zeugenaussagen große Ängste auslösen konnte: Wie fühlte es sich an, ein Seil um den Hals zu spüren? Wie war es, im Wasser krampfhaft nach Luft zu ringen? Spürte man Schmerzen, wenn der eigene Körper auf dem Boden zerschmetterte? Wie lange dauerte es, bis das brennende Gift wirkte? Auch andere Dinge beschäftigten ihn. Er wollte zum Beispiel niemandem zu viele Unannehmlichkeiten zumuten. Keinesfalls sollte seine unglückliche Ehefrau ihn in einer Badewanne voller Blut finden, und auch dem U-Bahn-Fahrer wollte er den Anblick seiner zerstückelten Leiche ersparen. Selbst die Kugel in Schläfe oder Mund verbot sich aus diesen Gründen. Damit blieben lediglich einige erprobte chemische Methoden, die bei zum Tode Verurteilten oder in zugelassenen Suizidzentren angewendet wurden, an die aber nur sehr schwierig heranzukommen war.

Zu den Ideen, die ihm durch den Kopf gingen, zählte an diesem Tag auch die Wahl eines Ortes: die Galerie der Inder, in der er die schönsten Momente mit Daisy erlebt hatte. Am liebsten wäre er dort im Schatten eines Gipselefanten friedlich eingeschlafen, nachdem er eine magische Pille in seinen Tee hatte gleiten lassen. Er dachte an die Botschaften, die er vorher auf seinem Schreibtisch deponieren würde. Eine für die, die er geliebt hatte (»Danke, dass ihr mein Leben schön und glücklich gemacht habt. Dank euch hat es sich gelohnt, zu leben, und ich gehe leichten Herzens«), die andere für die Zeitgenossen, die ihm sein Leben durch Dummheit oder Boshaftigkeit vergällt hatten (»Angesichts der Freude, euch zu verlassen, löst sich der letzte Rest Reue in Wohlgefallen auf«).

Doch bei seinen Überlegungen stieß Simon auf ein weiteres, ganz anderes Hindernis. Trotz der Sorgen, die ihn plagten, trotz aller beruflicher Enttäuschungen und trotz seiner Demütigung in Anwesenheit von Daisy, trotz dieser erbärmlichen Welt, trotz des bevorstehenden Alters mit all seinen Unannehmlichkeiten – trotz alledem und trotz tausend anderer Gründe, seinem Dasein ein Ende zu setzen, fühlte er sich immer noch getragen von diesem absurden Wunsch nach Leben, der oft für das Leben selbst gehalten wird und seltsame Genüsse bereithält: den Gesang der Vögel am Morgen, die Neugier auf einen guten Roman, die Musik von *Ariane auf Naxos*, das wohlige Gefühl, neben Anna einzuschlafen und den Traum, in Daisys Armen aufzuwachen. Diese kleinen Genüsse trugen ihn mit größerer Sicherheit von einem Tag zum anderen als alle düsteren Gedanken. Simon liebte das Leben und hasste seine Zeit. Im Gegensatz zu ihm liebten viele seiner Zeitgenossen ihre Epoche und glaubten an die Zukunft, empfanden ihr persönliches Schicksal aber als schmerzlich, stopften sich mit Antidepressiva voll und suchten den Ausweg bei ihrem Analytiker.

Als Simon sein verwaistes Büro erreichte, erinnerte er sich des Ratschlags seiner geliebten Freundin und schrieb endlich eine öffentliche Entschuldigung, die zwar seinen Stolz verletzte, seine Probleme aber deutlich verringerte. In einer plötzlichen, optimistischen Anwandlung dachte er, dass vermutlich noch längst nicht alles verloren war. Trotz der Katastrophe stand »alles zum Besten in der besten aller möglichen Welten«, wie Pangloss Candide versichert hatte.

Plötzlich hatte Simon es sehr eilig, den Voltaire aus dem oberen Regal seiner Bibliothek zu holen. Er stieg auf einen

Stuhl und streckte die Hand aus. Als er jedoch nach dem Buch greifen wollte, geriet der Stuhl ins Wanken. Bei dem ungeschickten Versuch, sich aufzurichten, verlor Simon das Gleichgewicht, stürzte und stieß mit dem Kopf an die Kante des niedrigen Tischchens. Sein halb bewusstloser Körper schleppte sich noch einige Minuten über den Boden, ehe er erstarrte. Und so fand ihn seine Assistentin am Montagmorgen. Der Band *Candide* lag neben ihm.

Der viel zu frühe Tod des Vorsitzenden der Kommission für öffentliche Freiheit wurde in der Presse mit einigen Zeilen gewürdigt. Man erinnerte an seine Karriere, die in den letzten Wochen unter dem Makel einer unüberlegten Äußerung gelitten hatte. Daisy empfand echte Trauer, dachte aber dann, dass dieser Mensch nicht wirklich für das Glück geschaffen gewesen war. Noch Jahre später bereute Tristan, dass er seinen Vater nie besser kennengelernt hatte, wurde aber durch den Unfall in dem Gedanken bestärkt, dass Bücher etwas Gefährliches waren.

Simons Tod verhinderte, dass er das Ende der »Großen Anomalie« verfolgen konnte. Es kam in der folgenden Woche, als eine Gruppe von Internetnutzern einschlägige Beweise vorlegte, dass alles mit einer bewussten Manipulation der NSA begonnen hatte. Die Filmindustrie hat sich schon öfter mit dem Thema eines unkontrollierbaren, von der Armee programmierten Virus beschäftigt, der versehentlich in die öffentlichen Netze gerät. Seit Jahren wurden ähnlich gefährliche Recherchen durchgeführt, die eigentlich dazu dienen sollten, definierte Ziele zu eliminieren. Zu diesem Zweck bedienten sich Eliteinformatiker in den Speichern des World Wide Web und stießen dabei in den Archiven auf Daten, die für die meisten Bürger peinlich waren, doch die geplante Waffe war außer Kontrolle geraten. Zunächst dementierten die Behörden in Washington. Als jedoch die Beweise übermächtig wurden, drohten sie den Verantwortlichen mit Sanktionen. Unter dem Druck der weltweiten Empörung versprachen sie schließlich, eine Lösung für das Problem zu finden, und schworen auf die Bibel, nie wieder etwas Derartiges zu veranlassen. Zwei Wochen später lenkte eine Flut von Informationen über das Erstarken des Autoritarismus in Russland die öffentliche Aufmerksamkeit von den Vorfällen in Washington ab und schweißte den Westen gegen die neuerliche Bedrohung aus dem Osten zusammen.

V

Höllenzug

Während ich auf eine Entscheidung wartete, ging ich davon aus, dass sich mein Aufenthalt hier auf unbegrenzte Zeit verlängern könnte. Allmählich begann ich, das Flughafenambiente zu mögen. Seit meinem Treffen mit dem heiligen Petrus schlenderte ich zunehmend in diesem Bereich herum. Weil ich überzeugt war, dass mir eine besondere Protektion zuteil wurde, sorgte ich mich nicht mehr um das Urteil des Allerhöchsten. Ich vertraute auf meine Pfiffigkeit (die Fähigkeit, andere auszutricksen, so hätten meine Kritiker es formuliert) und machte mir vor allem Gedanken darüber, wie ich am besten an bestimmte Vergünstigungen kommen konnte – insbesondere am Zugang zu den VIP-Lounges war mir gelegen. Zu diesem Zweck hatte ich das Personal wissen lassen, dass mich der Gründer der römischen Kirche höchstpersönlich empfangen hatte. Kurz und gut, ich fühlte mich durchaus wohl an diesem Ort. Im Übrigen widerstrebte mir die Vorstellung, meiner Mutter am Rand eines Pools zu begegnen, um dann bis in alle Ewigkeit in einem nichtssagenden Palasthotel herumzulungern. Nach allem, was ich bisher vom Paradies gesehen hatte, zog ich die Art von Fegefeuer, in dem ich mich gerade offensichtlich befand, bei Weitem vor. Doch dann holte mich ohne Vorwarnung die Wirklichkeit ein.

Ich wollte gerade im Lokal *Zum großen Aufbruch* einen Kaffee trinken, als ich an einem der Tische Derek Rubinstein entdeckte – den Mann, der sich mir am ersten Tag als mein Anwalt vorgestellt hatte. Ich sage »vorgestellt«, weil er seither weder einen Finger für mich gerührt noch sein Versprechen gehalten hatte, mich noch einmal zu treffen. Ich glaubte daher, dass ihm mein Fall zugunsten höherer Dienstgrade aus der Umgebung des heiligen Petrus entzogen worden war. Von denen hatte ich allerdings auch noch nichts gehört. Und ausgerechnet jetzt musste Rubinstein also wieder auftauchen. Er wälzte eine dicke Akte, und ich hatte keine Ahnung, ob er rein zufällig hier weilte oder meinetwegen gekommen war. Als ich auf ihn zuging, um ihn zu begrüßen, sagte er ohne den Kopf zu heben:

»Ah, da sind Sie ja endlich!«

Dann warf er mir einen verlegenen Blick zu, als schäme er sich seiner Nachlässigkeit. Da ich von Natur aus gutmütig bin, beeilte ich mich, ihm zu versichern:

»Aber das macht doch nichts. Schließlich sind wir alle sehr beschäftigt.«

Er bedankte sich mit einem Nicken, schaute aber immer noch sehr betreten drein. Weil ich annahm, dass er über die positive Entwicklung meiner Lage nicht informiert war, konnte ich nicht umhin, mit geradezu kindlicher Eitelkeit zu prahlen:

»Sicher wissen Sie noch nicht, dass ich den heiligen Petrus höchstpersönlich kennengelernt habe.«

Ich hatte ihn beeindrucken wollen, doch er seufzte nur:

»Dieser Gauner! Sicher hat er Ihnen seinen Trick mit der bebenden Tür gezeigt!«

Bei diesen Worten sank meine Selbstsicherheit in sich zusammen. Durfte sich ein einfacher Anwalt über das Oberhaupt der Apostel lustig machen? Legte er es darauf an, mich zu demütigen und sich selbst in Szene zu setzen, indem er meine persönlichen Erfolge herabwürdigte? Gereizt beschloss ich, ihn in die Realität zurückzuholen, indem ich wie ein gehetzter Mandant fragte:

»Nun? Gibt es Neuigkeiten?«

Rubinstein steckte die Nase in seine Papiere und murmelte:

»Ich muss Ihnen leider mitteilen, dass ich in dieser Angelegenheit keine Kompetenzen mehr habe. Ihre Akte wird an den zuständigen Dienst weitergeleitet.«

Man hatte ihm offenbar, wie bereits vermutet, das Mandat entzogen. Deshalb also schimpfte er über den heiligen Petrus! Dieser Blödmann hätte mich tatsächlich lieber monatelang hingehalten, als sich über meine Aufnahme in den Kreis der Privilegierten zu freuen. Dann hielt er mir wie ein armseliger Sesselpupser einen Vordruck entgegen:

»Nur noch eine kleine Formalität. Bitte unterzeichnen Sie.«

Er reichte mir einen Stift und deutete ohne weitere Erklärung auf eine Stelle ganz unten auf dem Blatt.

Weil ich die Einzelheiten möglichst schnell regeln wollte, unterzeichnete ich hastig. Ohne Zeit zu verlieren ließ Derek Rubinstein die Akte in seiner Tasche verschwinden und sagte:

»Und jetzt möchte ich Sie bitten, mir zu folgen. Ich werde Sie meinem … Nachfolger vorstellen.«

Er musste wirklich schwer gekränkt sein. Weil mich diese Entscheidungen jedoch nichts angingen, folgte ich ihm durch das Labyrinth der Korridore. Dabei spürte ich, dass etwas ihn beschäftigte. Plötzlich brach er sein Schweigen und fragte mich mitfühlend:

»Hatten Sie Gelegenheit, Ihre Frau Mama zu sehen?«

Fing er jetzt auch noch damit an? Oder ging es ihm nur darum, ein wenig Konversation zu betreiben? Ohne auf seine Frage einzugehen, quetschte ich ihn lieber aus:

»Können Sie mir vielleicht sagen, welche Fortschritte es in meinem Fall gibt? Werde ich bald aufbrechen?«

Wortlos wandte Rubinstein sich nach links, betrat einen nicht öffentlichen Gang, blieb vor einer Tür stehen, blickte mich ernst an und erklärte:

»Ich habe wirklich mein Bestes getan, das müssen Sie mir glauben. Aber dies hier überschreitet meine Kompetenzen.«

Er öffnete die Tür mit seiner elektronischen Karte, bedeutete mir einzutreten und sagte:

»Viel Glück, mein Bester.«

Es waren die letzten Worte, die ich von ihm hörte.

Die Tür schloss sich hinter mir. Ich stand vor einem Schalter, der in allen Einzelheiten denjenigen glich, die ich von meinen ersten Gesprächen bereits kannte. Mein Fall schien vor seinem Abschluss zu stehen. Ich zweifelte keine Sekunde daran, dass sich eine Bewertung meiner Verdienste sowie das Einschreiten des obersten Apostels beschleunigend auf meine endgültige Zulassung zur ewigen Glückseligkeit ausgewirkt hatten. Diesen Abschluss musste ich natürlich als besondere Gunst akzeptieren, auch wenn ich mich gerne noch länger in der Ungewissheit der Zwischenwelt aufgehalten hätte.

Ich trat auf den Schalter zu und betrachtete das Plakat

an der Wand. Die Inselchen für Neureiche wirkten ebenso herzerwärmend wie eine Immobilienreklame für Dubai. Ich war jedoch überzeugt, dass ich mich auch dort einleben, meinen Stil durchsetzen und mir ein angenehmes ewiges Leben organisieren konnte. Ich nahm also vor der Angestellten Platz, einer jungen Frau, die wie die Damen am ersten Tag ausschließlich Englisch sprach. Sie fragte nach meiner auf einem Zettel notierten Eingangsnummer und gab die siebenundzwanzig Ziffern ein. Dann begann sie auf ihrer Tastatur herumzutippen und erkundigte sich nach meiner Identität, die ich ihr bestätigte. Schließlich fixierte sie mich mit einem Blick, der noch eindringlicher war als der von Rubinstein und ein an diesem Ort eher unübliches Mitleid ausdrückte. Ein wenig schüchtern sagte sie:

»Es tut mir unendlich leid, mein Herr, aber ihre Bewerbung wurde abgelehnt.«

Ich war sprachlos. Dieses Mal empfand ich meinen Absturz als sehr tief. Seit meinem Ableben hatte ich mich auf dem besten Weg in den Himmel gewähnt. Zwar hatten ein paar Kleinigkeiten das Verfahren ein wenig verlangsamt, aber der heilige Petrus höchstpersönlich hatte mich seines Vertrauens versichert … Und all das nur, um mir jetzt mitzuteilen, dass meine Bewerbung abgelehnt worden war und ich die gesamte Verwaltungsprozedur wieder von vorn beginnen musste – ganz wie Sisyphus mit seinem Felsblock. Tatsächlich widerstrebte mir nicht einmal die Tatsache, dass ich noch Tage, Wochen oder vielleicht Jahrhunderte hierbleiben musste, sondern ich verstand nicht, warum meine Akte so viele Schwierigkeiten zu enthalten schien. Daher fragte ich die junge Frau:

»Aber warum muss ich denn jetzt wieder bei null anfangen?«

Sie blickte mich fragend und mit einem nach wie vor bedauernden Lächeln an:

»Wie meinen Sie das: bei null anfangen?«

»Nun ja, mich bewerben, mich anmelden und Anwälte konsultieren, die dann über meine Akte entscheiden.«

»Aber ich habe Ihnen doch bereits mitgeteilt, dass Ihre Bewerbung abgelehnt wurde.«

»Dann brauche ich also nicht wieder von vorn anzufangen?«

»Nein, Sie fahren.«

»Ich fahre? Wohin?«

»Nun – zur Hölle, Monsieur!«

Das Wort war ohne lautes Donnergrollen gefallen, hatte aber eine ähnlich betäubende Wirkung. Wie versteinert verharrte ich vor der jungen Angestellten und dachte über das finstere Los nach, das mir bestimmt war. Der furchtbare Beschluss erschien mir unmöglich, doch sie hatte dieses Wort wirklich ausgesprochen. Es war vorbei. Ich würde die Ewigkeit damit verbringen, mich über kleinem Feuer rösten zu lassen und die schlimmsten Qualen zu ertragen. Aber welcher Sünde verdankte ich die ewige Verdammnis? Verwirrt plapperte ich:

»Aber … also wirklich … Sie müssen sich irren … Geht es wirklich um mich? Ist es mein Name? Was genau steht da?«

»Ich kann Ihnen lediglich den Beschluss vorlesen …«

»Dann tun Sie das doch bitte!«

Ich glaubte immer noch an einen Irrtum. Sie beugte sich über den Bildschirm und las langsam und deutlich vor:

»Unsere Zweifel bezüglich der Ehrlichkeit des Beschuldigten wurden durch eine genauere Prüfung der Archive in der Cloud bestätigt. Wir mussten feststellen, dass sich der Betreffende wiederholt geschmackloser Witze über Schwarze, Juden, fahrendes Volk und Bretonen schuldig gemacht hat.«

Solche Kleinigkeiten genügten, um mich zu exekutieren? Verzweifelt versuchte ich einzuschreiten:

»Aber ich habe mich auch über Amerikaner, Deutsche, Engländer und Belgier lustig gemacht, Madame. Es gibt einen ganzen Fundus skurriler Geschichten über jedes Volk.«

Die Angestellte warf mir einen finsteren Blick zu und fuhr fort:

»Im weiteren Sinne verweisen die angeblich scherzhaft gemeinten Ausführungen auf bestimmte gesetzlich verbotene Vorstellungen, wie beispielsweise die Existenz von Rassen. Erschwerend kommt die – ebenfalls angeblich humorvoll gemeinte – Sympathie des Beklagten für Hitler, Stalin und andere Völkermörder hinzu. Ausschlag gaben jedoch seine Äußerungen über Frauen und Homosexuelle. Diese Behauptungen, die in mehreren Gesprächen gefallen sind, im Internet festgehalten wurden und bruchstückhaft auch auf seinem Computer auftauchen, legen die Bestätigung der Existenz eines weiblichen Prototyps ebenso wie den eines männlichen Heterosexuellen nah, obwohl eine derartige Annahme ebenfalls unter Strafe steht. Um nicht den gesamten Katalog schockierender Formulierungen zitieren zu müssen, verweisen wir hier nur auf den aufklärungsfeindlichsten Ausspruch, der alle anderen zusammenfasst: ›Jaja, die Belange von Frauen! Und die Belange von

Schwulen! Manchmal habe ich diese Hektiker satt ...‹ Abschließend sei hinzugefügt, dass die vage Entschuldigung, zu der sich der Beschuldigte schlussendlich doch noch bereitfand, einzig von persönlichem und familiärem Interesse getragen wurde.«

An dieser Stelle hielt sie inne. Sie wandte mir ihr Gesicht zu, in dem kein Fünkchen Mitleid mehr zu entdecken war, und sagte:

»Ich denke, dem ist nichts hinzuzufügen.«

Wie viel Zeit mochte mir noch bleiben, ehe ich dem Entsetzen ausgeliefert wurde? Ich warf der Frau einen flehenden Blick zu.

»Und es gibt kein Berufungsverfahren?«

Ohne jede Liebenswürdigkeit entgegnete sie:

»Nein. Sie fahren sofort zur Hölle. Nächste Abfahrt, Ausgang 23.«

Mit diesen Worten wandte sie sich ab und rief in den Saal:

»*Next!*«

Ausgang 23 befand sich ganz am Ende des Saals. Ehe ich mich jedoch in mein Schicksal ergab, setzte ich mich niedergeschlagen auf einen der Plastikstühle, wo bereits andere Verdammte darauf warteten, an die Reihe zu kommen. Ich hätte versuchen können, zu fliehen und in den Wartebereich zurückzukehren, doch die Tür, durch die ich eingetreten war, hatte auf dieser Seite keine Klinke. Hatte man den Bereich einmal betreten, gab es kein Entrinnen mehr.

Wie hatte es so weit kommen können? Verdiente ich tatsächlich eine derart grausame Behandlung? War ich wirklich schlimmer als die anderen? Das Karussell unbeantworteter Fragen drehte sich ohne Unterlass in meinem Kopf, als plötzlich jemand laut aufschrie. Eine Frau wand sich vor dem Schalter der Angestellten:

»Haben Sie doch Mitleid mit mir! Bitte! Ich will nicht in die Hölle!«

Die schneidende Antwort kam sofort:

»Daran hätten Sie früher denken müssen.«

Sie schluchzte und bettelte, sie wolle ihren Ehemann wiedersehen, und rang flehend die Hände. In diesem Moment näherten sich zwei Wachleute, hakten sie unter und schleppten sie zum Ausgang 23, hinter dem die Frau laut jammernd verschwand.

Auch ich hatte Angst, aber jeder Widerstand war offenbar zwecklos, und ich wollte keinesfalls das Bild eines bettelnden, flehenden Mannes hinterlassen. Ich hätte früher daran denken müssen – genau wie die Angestellte gesagt hatte. Zweifellos wäre es besser gewesen, den Regeln des Katechismus zu folgen, die ich bereits mit zehn Jahren auswendig hersagen konnte, die ich aber in der Folge nur allzu leichtfertig vergessen und verächtlich als Aberglaube abgetan hatte. Heute stand ich vor dem Ergebnis und musste es akzeptieren.

Auf der Schwelle warf ich einen letzten Blick zurück auf die Welt, die ich verließ; dann holte ich tief Luft, öffnete den Ausgang 23 und ging geradewegs auf den Abgrund von Feuer, Blut und Tränen zu, der mich erwartete.

Wie groß aber war meine Überraschung, als ich hinter der Tür einen altmodischen Bahnsteig entdeckte, der aussah wie die Bahnhöfe in meiner Kindheit! Dort wartete ein dunkelgrüner Zug, dessen Farbe nicht mehr die neueste war. Alles schien ruhig zu sein. Die Frau, die schreiend hinausgebracht worden war, saß geduldig auf einer Bank und wartete auf die Abfahrt. War ich wirklich in der Hölle? Oder mussten wir hier nur auf den nächsten Zubringer zum Tal der Tränen warten – so wie die anderen dort draußen in den Wartesälen auf den nächsten Flug ins Paradies warteten? Noch überraschter war ich, als ich einen Schaffner entdeckte, den Angehörigen einer längst vergessenen Spezies. Er trug keine dieser grellbunten Uniformen, mit denen Vertreter seines Berufs heutzutage kenntlich gemacht wurden, und hatte auch keines der elektronischen Geräte bei sich, die Kreditkarten lesen können. Nein – er war in eine dunkle Uniformjacke und eine Schirmmütze mit Sternen gekleidet und hielt eine simple Schaffnerzange in der Hand.

Ich trat auf ihn zu:

»Entschuldigen Sie bitte.«

Er bot mir kein vorwurfsvolles »Guten Tag!«, sondern wandte sich mir mit professionellem Gesichtsausdruck zu:

»Zu Diensten, der Herr.«

»Ist das der Zug, der in die Hölle fährt?«

Er musterte mich mit verdrießlicher Miene:

»Ja, das ist er. Die Flugzeuge sind für die reichen Leute im Paradies reserviert. Für die Verdammten sind die alten Züge vorgesehen.«

»Ach, wissen Sie«, sagte ich, »mir ist dieses Transportmittel ebenso recht. Wann fährt er ab?«

»Um 18:12 Uhr. Hier gibt es weder Sonderflüge noch Chartermaschinen – noch nicht einmal Sonderzüge. Und die Abfahrtszeiten sind seit Anbeginn der Zeiten die gleichen.«

Ich musste kurz an die ständigen Wechsel bei den Bahngesellschaften denken, die einem fortwährend neue Fahrpläne, neue Tarife und neue Optimierungsmaßnahmen aufzwangen. Interessiert erkundigte ich mich:

»Hier bleibt tatsächlich alles immer gleich?«

Er betrachtete mich ein wenig verärgert, als wolle ich das furchtbare Schicksal nicht begreifen, das mich erwartete.

»So ist es, mein Herr. Sie sind hier in der Hölle. Hier verändert sich nie etwas. Veränderung, Bewegung, Neuerung – all das ist dem Paradies vorbehalten. Von Rationalisierung wollen wir gar nicht erst reden.«

»Wie meinen Sie das?«

»Nun stellen Sie sich doch nicht dümmer als Sie sind! Sie sehen doch ganz genau, dass hier ein alter, müder Zug an einem fast leeren Bahnsteig steht. Im Paradies folgt man der Logik der Märkte, praktiziert die bedarfssynchrone Produktion und optimiert die Rentabilität. Die Flugzeuge sind immer voll besetzt. Die Hölle hingegen zwingt uns, nach archaischen, von der Verwaltung eingeführten Gesetzen zu leben. Es gibt weder Freiheit noch Konkurrenz. Die Hölle verhält sich zum Paradies wie die Steinzeit zur Moderne …«

Er dachte einen Moment nach, ehe er fortfuhr:

»Oder, wenn Sie so wollen, wie der Sozialismus zum Liberalismus.«

Der Vergleich erschien mir einleuchtend. Seit das Paradies auf neoliberale Doktrinen umgeschwenkt hatte, musste die Hölle gezwungenermaßen das Gegenteil darstellen, nämlich das Grauen, das die Neoliberalen mit der Macht des Volkes gleichsetzen. In diesem Fall aber hatte die göttliche Vorsehung in der Absicht, mich für meine Sünden zu bestrafen, einen Fehler begangen. Ob den Verantwortlichen wohl klar war, dass für einen Kunden meiner Art dieser alte Bahnsteig viel angenehmer war als ein Flug? Und die immer gleichen Abfahrtszeiten deutlich beruhigender als jede unternehmerische Flexibilität? Dass ich diese Erscheinungsform der Hölle erheblich anziehender fand als das, was ich vom Paradies gesehen hatte?

Der Zug fuhr tatsächlich um 18:12 Uhr ab. Stundenlang zockelte er durch eine grauenerregende Landschaft – oder zumindest nehme ich an, dass sie in den Augen Gottes, Luzifers und der anderen Organisatoren so wirken sollte. Nirgends waren Autobahnen oder Parkplätze zu sehen; die Felder bestanden nicht aus endlos weiten Monokulturen, sondern bildeten äußerst überschaubare, armselige, von Wegen und begrünten Wällen begrenzte Parzellen. Die erste Stadt, in der unser Zug anhielt, besaß weder eine Wohnsiedlung noch einen Supermarkt. Die Straßen waren von alten Häusern gesäumt, an die sich die Firmenschilder kleiner Einzelhändler klammerten. Als mich während der Fahrt ein leichtes Hungergefühl überkam, fand ich weder eine Warteschlange vor einem Selbstbedienungsschalter vor, noch konnte ich mir ein Fertiggericht holen. Nein – ich betrat einen altmodischen Speisewagen, wo ich an einem weiß gedeckten Tisch platziert wurde und ein Kellner meine Bestellung aufnahm. Der Fortschritt war hier niemals angekommen – es war eine archaische Welt, in der ich zur Sühne für meine Sünden fortan umherstreifen sollte.

Ich werde dem Leser die ausführliche Beschreibung der entsetzlichen Qualen ersparen, die mir in der Folge auferlegt wurden. Es genügt zu wissen, dass man ihnen entgehen kann, wenn man geradlinig, ehrlich und getreu den Gesetzen der Menschen – vor allem der Frauen –, der Religion und des freien, unverfälschten Wettbewerbs lebt. Dies ist das sicherste Mittel, in jene bessere Welt zu gelangen, wo Mama mich noch immer am Rand ihres Swimmingpools erwartet und währenddessen Früchtecocktails trinkt. In der Hölle sind weder Zigaretten noch Alkohol verboten, ebenso wenig wie alle anderen Substanzen, die einen Menschen vom rechten Weg abbringen können. Abends treffe ich mich mit anderen Verdammten, und wir zwängen uns in verräucherte, nicht barrierefreie Keller, in denen bis zum frühen Morgen Musik gespielt wird. Bei Tagesanbruch setzen wir uns zu Tisch und tafeln ohne Rücksicht auf irgendwelche Diätlehren. In dieser Gegenwelt ist es möglich, sich auf jede nur mögliche Weise zu vergiften, ohne ein zweites Mal zu sterben – der ungesunde und wirklich diabolische Gedanke der völligen Unbedenklichkeit von Vergnügungen spricht sich schnell herum.

Die Straßen in der Hölle sind gefährlich. Radfahrer und Fußgänger tragen weder Helme noch fluoreszierende Westen. Das Essen ist weder tiefgefroren noch in Plastikfolie eingeschweißt. Manchmal geschieht es sogar, dass ein Mann eine Frau mit Worten zu betören versucht, ohne dass sie ihn anzeigt. Denn auch das ist die Hölle – dieser Mangel an Schutz im Privatleben. Manchmal erinnert das Reich von Beelzebub auch an den Turmbau zu Babel, denn dort gibt es allerlei Sprachen in wildem Durcheinander. Die Bewohner der Erde und des Paradieses bemühen sich, eine weltumfassende Gesellschaft zu erschaffen. Sie kaufen die gleichen Autos, schauen sich die gleichen Filme im Fernsehen an, hören die gleiche Musik und teilen die gleichen Nachrichten. Ihr Schulenglisch gestattet es ihnen, den nächsten Hamburgerladen oder den Fahrkartenautomaten zu finden. Hier in der Hölle klammert sich eine vielschichtige Menschheit an alte Geschichten und behilft sich mit vergessenen Mischsprachen. Mit Englisch kommt man nicht weiter, und jedes Zusammentreffen erfordert ein geduldiges Lernen.

Doch das ist zweifellos noch nicht das Schlimmste. Hier, in dieser verfluchten Welt, scheint das tägliche Leben den Grundlagen moderner Ökonomie ganz und gar zu entgleiten. Anders ausgedrückt: Eine komplette Gesellschaft von Sozialhilfeempfängern schiebt hier eine ruhige Kugel, abgesehen von einigen Beamten, die aufgrund ihres Dienstalters Vergünstigungen erhalten. Während sich sowohl die gesamte Menschheit als auch die Seligen im Paradies eifrig damit beschäftigen, die Maschinerie in Gang zu halten – die einen, indem sie sich abrackern, die anderen, indem sie konsumieren –, erinnert die Hölle eher an eine Ansammlung von Faulpelzen, die kaum genügend Ewigkeit zur Verfügung haben, um nichts zu tun. Sie leben in den Tag hinein, wie es ihnen gerade gefällt, ohne sich um die Belange der Gesellschaft zu kümmern. Sie verzichten auf jegliche Produktivitätssteigerung, um sich auf immer und ewig fröhlich der Sünde zu verschreiben.

Jeden Abend betrachte ich in völliger Dunkelheit – in der Hölle gehen die Laternen niemals an – die Sterne in der Unendlichkeit und denke darüber nach, wie mein Leben war. Für immer befreit von allen Aufgaben, von meinem Ehrgeiz und meinen Konsumverpflichtungen beobachte ich das Flimmern ferner Galaxien, die wie geheimnisvolle

Zeichen am Himmel stehen und vielleicht andere Leben und andere Zivilisationen beherbergen. Und doch ziehen diese leuchtenden Spiralen mich weniger an, seit ich tausend Meilen vom Paradies entfernt die Kühle des Schattens und die Süße der Abkehr kennengelernt habe, denen es zum ersten Mal gelingt, meiner Seele Frieden zu schenken.

Inhalt

Catherine Hélie © Editions Gallimard

Benoît Duteurtre wurde 1960 in Sainte-Adresse geboren. Nach einem Musikstudium in Rouen wandte er sich verstärkt der Schriftstellerei zu. In Frankreich ist er mit diversen literarischen Veröffentlichungen erfolgreich. Sein Roman VORZIMMER ZUM PARADIES ist sein erstes in Deutschland erschienenes Werk und stand auf der Shortlist für den PRIX GONCOURT 2014. Der Autor lebt abwechselnd in Paris, der Normandie und den Vogesen.